Marlene Streeruwitz

MAJAKOWSKIRING.

Erzählung

S. Fischer

Collection S. Fischer

Herausgegeben von Jörg Bong

Band 96

Veröffentlicht im Fischer Taschenbuch Verlag GmbH,

Frankfurt am Main, April 2000

© S. Fischer Verlag GmbH, Frankfurt am Main 2000

Druck und Bindung: Clausen & Bosse, Leck

Printed in Germany

ISBN 3-596-22396-2

MAJAKOWSKIRING.

DIE SONNE SCHIEN auf die Betonplatten vor dem Haus. Die Platten längliche Vierecke aus Waschbeton. 5 Platten der Länge nach die Front des Bungalows entlang. 7 Platten bis zum Gras unter dem Baum mit den großen herzförmigen Blättern und langen schmalen dunklen Schoten herunterhängend. 3 der Platten waren gesprungen. Quer. Da, wo man auf das Haus zuging. Sie kippten, wenn man auf sie stieg. Zwischen den Platten Grasbüschel. Sie saß am Fenster. Die Arme auf den breiten, fetten Armlehnen des Polstersessels. Sie sah hinaus. Zum großen Haus hin ein Rosenbeet links. Die Rosenstöcke klein und einzeln in der sandigen Erde. Jeder Stock immer nur eine Blüte und die weißen Mauern des Hauses dahinter.

Sie sah zu, wie die Sonne auf die Betonplatten schien. Am Morgen die Sonne von rechts und die Büsche am Zaun einen dichten Schatten warfen. Fast bis hin zum Rosenbeet. Dann der Schatten des niedrigen Hauses gegen Mittag an die Mauer zurückrückte und mit dem Nachmittag ganz verschwand. Und gegen Abend der sonnenfleckige Schatten eines Magnolienbaums sich über das Rosenbeet hereinschob und bis in die Abendsonne blieb. Draußen war es heiß. Es waren die heißesten Maitage in Berlin seit 29 Jahren. Sie saß in dem Polstersessel. Zurückgelehnt. Sah vor sich hin. Der Blick halb hinaus. Halb im Zimmer. Nach links der Teppichboden. Ein wolkiges Muster. Braun und grün. Ein helleres Braun dazwischen und gelbgrün. Vor ihr die Schrankwand. »Lore.« Hatte er gesagt. Sie saß da. Die Arme auf den Armlehnen. Den Kopf zurückgelehnt. Gegen die Rückenlehne. Das rechte Bein auf dem Heizkörper. Früher hatte sie liegen müssen nach Trennungen. Hatte auf dem Bett gelegen. Auf dem schmalen Bett. Damals. Der eine Teil einer

Jocka-Doppelcouch. Am Tag dunkelgrüner Baumwollrips und das Bettzeug in der Lade unter dem aufklappbaren Oberteil. Richard hatte die andere Hälfte mitgenommen. Bis er sich eine neue leisten könnte, hatte er gesagt. Das breite Bett hatte sie erst für ihn gekauft. Für die Geschichte mit ihm. Sie hatte mit ihm nicht auf dem Bett liegen wollen, auf dem sie mit Richard. Und den anderen. Die Flecken aus dem Stoff immer herauszubekommen gewesen. Warmes Wasser und Gallseife. Aber dann vom Wasser und der Seife ein Rand geblieben. Grau und ganz schmal. Und nur bei genauem Hinsehen zu erkennen. Die Flecken auf der ökologisch richtigen Matratze alle von ihm. Sie saß da. Sah hinaus. Sah auf ihren rechten Fuß auf dem Heizkörper. Sah wieder hinaus. Es war der letzte Tag im Mai. Sie sollte ihn nicht versäumen. Sie sollte nichts versäumen. Sie sollte draußen sein. In der Hitze. Unter der Sonne. Der Holler blühte. Der Jasmin. Und die Heckenrosen. Und die Hitze wie eine Wand, in die hineinzugehen und in der man dann steckte. »Lore.« Hatte er gesagt. »Lore.« Noch einmal. Sie hatte nichts gesagt. Sie hatten dann beide nichts mehr gesagt. Hatten einander in der Stille zugehört. Sie hatte dann den Hörer hingelegt. Vorsichtig auf den grünen Filzbelag auf ihrem Schreibtisch und hatte sich in den Lesesessel gesetzt. Sie war aufgestanden. Leise. Und hatte den Hörer vom Lesesessel aus angesehen. Sie beugte sich vor. Sie sollte aus diesem Zimmer hier hinaus. Sie sollte spazierengehen. Einmal um den Majakowskiring herum. Wenigstens. Sie sollte sich durch die Lücke im Zaun des Nachbargrundstücks drängen und zwischen den blühenden Sträuchern gehen. Unter den gischtenden Hügeln von Blüten. Die Heckenrosen überwölbt von Jasmin und die Dolden des Holler darüber. Im hohen Gras sitzen. Der Unrat. Der Müll unter den Büschen versteckt. Überblüht. Im Gras verborgen. Und nur der Frühsommer zu sehen und zu riechen. Sonst. Früher immer auf dem schmalen Bett gelegen und geschluchzt. Geschrien. Sich gekrümmt. Im Bauch. Ein Wüten tagelang. Und der Haß. Am Fenster sitzend. In Berlin. Beim Hinaussehen nur das Besetztzeichen in Erinnerung. In Wien. Das Besetztzeichen nach dem Klicken. Nachdem er aufgelegt hatte. Sie war sitzengeblieben. Hatte durch das Zimmer auf den Hörer gesehen und dem Besetztzeichen zugehört. »Lore.« Hatte er gesagt. Und sie hatte ihn geliebt. Geliebt. Aber diese Liebe. Ein ziehender Schmerz in der Brust und allem zugrunde gelegen und nur aufgehoben, wenn er da gewesen. Und manchmal sogar da. Die Trennung. Er würde wieder nach München zurückkehren. Diese Trennung sich zurückgeworfen in der Zeit oder nach vorne. Alles besetzt hatte und die endgültige Trennung schon immer enthalten. Vielleicht hatte sie schon währenddessen genug geweint. Er wolle doch die Liebe erhalten. Er wolle die Liebe nicht mehr im Leben ersticken. Er wolle die Liebe in Freiheit. Und er hatte immer flehentlich geklungen dabei. Richard hätte sie noch umbringen wollen. Danach. Damals. Richard hätte sie erwürgen mögen bei den Streitereien dann. Erwürgen, wie er so ruhig dagesessen und ihr wieder einen nächsten Schritt der Trennung mitgeteilt. Er hatte geduldig geredet mit ihr. Er würde nun nicht mehr nach Hause kommen. Gar nicht mehr. Auch nicht am Morgen und sich umziehen. Er nähme seine Kleidung jetzt mit. Und die Bücher. Einen Teil jedenfalls. Und das Bett und seine Möbel. Und die Bilder, die von seinen Eltern. Die würden abgeholt und ob ihr der Termin für die Abholung recht sei. Sie hatte alles mit ihm beredet. Ruhig. Vernünftig. Und wenn er dann aufgestanden war, um zu gehen. Wieder zu gehen. Sie hatte ihm den Ehering nachgeschleudert. Seine Wäsche aus dem Koffer geholt und vor die Wohnungstür geworfen. Die Bücher aus den Kisten gerissen und auf ihn gezielt. Und dabei geschrien. Wie recht ihr das alles sei. Wie gut ihr das alles passe. Und daß es höchste Zeit wäre für das alles. Und im Schreien das Weinen begonnen hatte. Und die Wut darüber das Schluchzen das Schreien abgewürgt und die Hände um seinen Hals und schütteln.

Ihn erwürgen, bevor dieses leise Lächeln in seinem Gesicht. Sie hatte bis zum endgültigen Ende geglaubt, er ihr nichts antun würde. Weil sie ihn so geliebt. Sie stand auf. Stellte sich ans Fenster. Ging in die Mitte des Zimmers. Ging wieder ans Fenster. Der Schatten der Magnolie hatte die ersten Betonplatten erreicht. Nachmittag. Sie sollte etwas essen. Sie sollte sich umdrehen, durch das Zimmer und in den Gang an der bunten Glastür vorbei in die Küche. Ein Yoghurt. Eine Topfencreme. Sie hatte nur Milchprodukte aus der Mark Brandenburg gekauft und in den DDR-Eiskasten gestellt. Der Eiskasten brummte Tag und Nacht vor sich hin. Wurde lauter. Begann zu vibrieren. Schüttelte sich. Die Flaschen im Flaschenregal klirrten gegeneinander. Dann ein heftiges Rütteln. Dann war er still. Kurz. Und brummte dann wieder vor sich hin. Das Brummen war in allen Zimmern zu hören. Sie setzte sich wieder. Stellte den rechten Fuß auf den Heizkörper. War sie nicht wütend. Trennungen bisher immer Stürme der Verzweiflung vor Wut und Hilflosigkeit. Die Wut auf das Verlorene sie in der Mitte durchgerissen. Sich im Liegen um die Mitte einrollen mußte und warten, die Wut vorbeiginge. Die Sonne schien auf die Betonplatten draußen. Die Grasbüschel welk in den Ritzen. War das alt werden. Oder war das alt sein. Dieses ruhig. Diese Ruhe. Sie sollte das Fenster aufmachen. Es war kühl im Zimmer. Ein warmes Haus von draußen. Die Mauern des großen Hauses leuchteten weiß hinter der Magnolie. Sie hatte heute noch niemanden beim großen Haus gesehen. Am Vortag waren die Holzjalousien der Veranden im großen Haus mit lautem Klappern hochgezogen worden. Menschen waren gekommen und im Garten herumgegangen. Hatten auf der Terrasse an einer langen weißen Tafel gegessen und getrunken. Ihr Reden war bis zum Küchenfenster ihres Gartenpavillons zu hören gewesen. Eine Konfirmationsfeier, hatte eine der im Garten spazierenden Frauen gesagt. Sie hatte ein Seidenensemble angehabt. Langer Rock und Jacke. Schwarz mit einem kleinen weißen Muster.

Man könne alle diese Räume jetzt mieten. Für private Anlässe. Da, wo früher DDR gewesen, da könne man jetzt feiern. Im großen Haus und in ihrem waren früher Gäste des Außenministeriums der DDR untergebracht gewesen. Hier hatten Freunde der DDR gewohnt. Waren die Befehlsketten der internationalen Freundschaft aufgefrischt worden. Hier hatten die Sitzgarnituren die Freunde aus der Dritten Welt beeindrucken müssen. Sie sah ihren Schuh an. Ein Jil-Sander-Modell. Im Ausverkauf gekauft und da noch sehr teuer. Blaue Halbschuhe. Herrenfasson. Ihr Vater wäre zufrieden gewesen. »Gute Schuhe.« Hatte er immer gesagt. »Gute Schuhe und du bist gut angezogen.« Er hatte deshalb Richard gleich von Anfang an nicht gemocht. Verachtet. Von Anfang an. Richard hatte kein einziges Paar maßgemachter Schuhe besessen. Richard hatte sogar seine Schuhe für die Hochzeit bei Humanic gekauft. Sie setzte sich auf. Stellte die Füße nebeneinander, beugte sich vor und starrte auf ihre Schuhe. Ihre Füße waren ohne jeden Fehler.

Das jedenfalls hatten die guten Schuhe erreicht. Andere Frauen mit 52 mußten sich die Ballen operieren lassen. Oder die Zehen wieder geradestellen. Konnten monatelang auf den operierten Füßen nur humpeln. Die Schmerzen bei jedem Schritt zu sehen. Das blieb ihr erspart. Ob er an sie denken mußte. Ob er auch da sitzen mußte und vor sich hinstarren. Sie wußte nichts mehr von ihm. Nach dem Auflegen. Jahrelang hatte sie immer gewußt, wo er. Beim Auflegen war er an seinem Schreibtisch in München gesessen. Das wußte sie noch. Er war an seinem Schreibtisch mit der Glasplatte vor der breiten Front seiner Fenster auf den Garten hinaus gesessen. Er konnte von seinem Schreibtisch aus in die Krone eines Kirschbaums sehen. Konnte vom Schreibtisch aus zusehen, wie die Kirschen langsam rot. Wie die kleinen grünen Kügelchen anschwollen. Sich gelblich färbten. Ein Hauch von rot erst und eines Morgens Kirschen geworden waren. Aber es war Abend gewesen. Dunkel. Er würde sich gespiegelt haben im Fenster zum Garten. Er hatte sich zusehen können beim Auflegen. Ob die Freunde der DDR auch an diesem Fenster gesessen und hinausgestarrt. Auf die Betonplatten, auf die die Sonne. Oder ein Regen. Und Schnee gelegen. Hatten sie nachgedacht. Gewartet. Hinausgesehen auf das große Haus im Winter hinter der nackten Magnolie. Und wann das nächste Gespräch und mit wem und was das letzte ergeben und zu welchen Kosten. Warten hatten müssen. Abhängigkeiten das Leben gut ausfüllten. Ihre Unabhängigkeit mit Langeweile zu bezahlen hatte. Offensichtlich. Und jetzt ja nicht einmal mehr auf ihn zu warten. Nicht einmal auf einen Anruf. Was hatte sie auf diesen Mann gewartet. Ihr ganzes Leben um diese Anrufe von ihm gruppiert gewesen. Erst das Handy hatte ihr erlaubt, wenigstens herumzugehen. In diesem Warten. Sie legte den linken Fuß zum rechten auf den Heizkörper. Sie hätte nicht still sitzen können. Früher. Nach einer Trennung. Nach der Scheidung von Richard. Nicht schlafen hatte können. Getrunken hatte. Und diese Männer mit nach Hause genommen und dann wieder wegschicken müssen. Oder von selber nicht wiedergekommen. Und keinen verstehen hatte können. Und bewundert, wie die sich in ihrer Dummheit oder Häßlichkeit oder Nebensächlichkeit nie in Frage gestellt hatten. Dagestanden und gegrinst und sich toll gefunden. Toll genug fürs Bett auf jeden Fall. Und an den Wochenenden war sie dann doch wieder allein gewesen. Nicht gewußt hatte, wie die Stunden. Wie die Abende. Wie die Nächte. Die Brust in sich und einbrechen. Platzen. Und auf die Straße hinunter. Andere Menschen wenigstens sehen. Aber eigentlich niemanden sehen hatte können und ein Wunsch auf Ruhe. Damals hatte sie vor ihren Schlaftabletten gesessen und sie angesehen und sich gefragt, wie es sich anfühlte, die rosaroten Tabletten. Eine nach der anderen. Wie die Kehle brennen würde beim Schlucken. Und hätte sie sie im Bett sitzend oder vor dem Spiegel stehend nehmen sollen. Sich in die Augen sehen. Dabei. Die Zunge ein wenig aus dem Mund. Die Tablette auf die

Zunge. Nicht ganz vorne. Und dann Wasser und schlucken. Beim Herausstrecken der Zunge die Erinnerung, wie sie sich geniert hatte, dem Priester bei der Kommunion die Zunge hinzuhalten. Und wie sie die Handkommunion aber auch nicht richtig finden hatte können. Sie setzte sich auf. Stellte die Füße auf den Teppichboden. Beugte sich nach vorne. Stützte die Ellbogen auf die Oberschenkel. Legte die Hände ineinander. Sie würde ihn vielleicht nie mehr sehen. Nie wieder sehen. Er in München. Sie in Wien. Ihre Arbeitsgebiete weit voneinander entfernt. Es gab keinen Grund, einander zufällig über den Weg. Und sie traf ihre Ehemaligen nicht. Andere. Ihre Freundinnen. Die trafen immer auf diese Männer, und es gab Tragödien. Die Frauen waren sich häßlich vorgekommen. Sie hätten jedenfalls besser aussehen können, wären sie auf ein solches Treffen vorbereitet gewesen. Und es hatte Triumphe gegeben. Sie waren mit dem Neuen an ihm vorbei, und er hätte sehen können, daß es noch andere gäbe. Und manche blieben gute

Freunde mit ihren Männern. Ihre verschwanden immer. Einmal hatte sie Ryszard getroffen. Auf dem Flughafen. In der Schlange bei British Airways. Beim Einchecken nach L. A. Sie hatte gerade ihre Tasche mit dem Fuß auf dem Boden weitergeschoben. Da war Ryszard vorbeigegangen. Er hatte die Lücke zwischen ihr und dem nächsten hinter ihr benutzt, sich durch die Wartenden durchzudrängen und zum Alitalia-Schalter zu gelangen. Er hatte ein winziges Köfferchen getragen. Sie hatte ein Köfferchen dieser Größe für die Kleider ihrer Puppe Cornelia gehabt. Und für den Handarbeitsunterricht hatte es solche Köfferchen gegeben. Ryszard hatte nicht aufgesehen. Er war ganz nahe an ihr vorbei. Hatte sie fast gestreift. Da müsse er wohl eine gute Reise wünschen, hatte er im Vorbeigehen vor sich hin gesagt und war weg gewesen. Sie hatte ihm nachgesehen. Sie hatte sich über den winzigen Koffer gewundert. Ryszard war der letzte Dandy der Polen gewesen. Gleich danach hatte sie dem Sicherheitsbeamten erzählen müssen, daß sie ihr Gepäck selbst gepackt hätte und daß niemand Unbefugter Zugang zu ihrer Tasche gehabt hätte. Erst im Sitzen. Am Gate hatte sie darüber nachgedacht, daß es Ryszard gewesen war. Und daß sie ihn gar nicht richtig gesehen hätte. Und wie er an ihr vorbei. Daß es nun ein Jahr her gewesen. Mit Ryszard hatte sie fast zusammen gelebt. Und wie es ihm wohl wieder in Polen erginge. Und daß es wirklich nichts zu reden gegeben hätte. Damals Paul getroffen hatte. In L.A. Sie waren verabredet gewesen und alles. Ryszard ja auch aufgelegt hatte. Aber Ryszard war krank gewesen. Ihr Betrug vorgeworfen hatte und dann immer ganz nah an sie heran. Sie seinen Bauch gegen den ihren spüren hatte können und er ihr in die Augen gestarrt. Gefunkelt. Ryszard war ein wenig kleiner gewesen als sie und sich an sie gedrängt und wissen hatte wollen, ob sie nicht. Nicht doch. Auf der Reise nach New York. Oder in London. Und in Brüssel. Und beim Heurigen. Überall da, wo sie hinfahren hatte müssen, hatte Ryszard andere Männer vermutet. Liebhaber.

Ryszard hatte sich vorgestellt, sie ginge schon am Flughafen mit ihrem Sitznachbarn auf die Toilette mit. Oder ins Flughafenhotel. Was noch schlimmer gewesen. Und dann war es weitergegangen. Kein Gespräch. Keine Pressekonferenz. Kein Interview hatte für Ryszard ohne Beischlaf mit einem der Männer da geendet. Ryszard hatte sie nicht bedroht. Nicht körperlich. Er war ihr nur nahe gekommen. Hatte sie gefragt. Immer und immer wieder. Er war bleich gewesen dabei und hatte rasch und schnappend Luft geholt. Zwischen den Fragen. Es waren Verhöre, und wenn sie gefragt hatte, ob das in Polen denn so üblich sei. So mit jedem und jeder. Er hatte sich noch mehr an sie. Sie hatte beteuert. Sie liebe ihn doch. Sie liebe ihn schließlich, und sie wäre doch glücklich mit ihm. Oder. Wie er auf den Gedanken kommen könne, sie interessiere sich für einen anderen Mann. Während der Beteuerungen dann war er über sie her. Hatte sie aufs Bett gedrängt. Hatte sie die ganze Zeit umklammert. Hatte so viel Haut wie nur möglich gegen ihre gepreßt. Sie stand auf. Verschränkte die Arme. Sie konnte seine Umarmungen noch spüren. Sie sah sich um. In Polen hatte es auch so ausgesehen wie hier. Waren es wirklich nur die Farben, die diese Ostblockzimmer ausgemacht. In dem Hotel in Warschau. Es hatte ganz anders ausgesehen. Der Bodenbelag war rot gewesen. Brombeerrot. Und dünn. Aber trotzdem. Der Schatten der Magnolie hatte die 2. Reihe der Betonplatten erreicht. Es war immer nur so gegangen. Ryszard hatte diese Szenen haben müssen. Sonst hatten sie es gut miteinander gehabt. Bis sie wieder auf eine Dienstreise hatte müssen. Und zurückgekehrt. Und wieder ausgefragt worden war. Diese Szenen. Sie waren das Wichtigste geworden. Wenn sie versucht hatte zu beginnen. Ihn zu küssen und ihn aufs Bett drängen. Oder auf das Sofa. Oder überhaupt nur schmusen. Sich im Stehen gegen ihn. Sie hätte ihn langsam und überall küssen mögen. Zärtlich. Er war jedesmal. Hatte sich entwunden. Einmal war er gegangen und hatte sie eine Woche lang nicht angerufen. Danach hatte sie ihn gewähren lassen. Es war schwer geworden. Dann. Seine Verzweiflung zu glauben. Mit der Zeit und dann einmal alles zugegeben. Plötzlich. Nach einem Jahr hatte sie gestanden. Sie hatte nicht gewußt, daß sie das tun würde. Sie hatte sich mit zugehört. Ja. Sie wäre mit dem Piloten mitgegangen. Und ja. Sie hätten es gemacht. Auf dem Damenklo zuerst. Im Stehen. Aber das wäre ihnen nicht genug gewesen und sie wären in das Flughafenhotel. Und ja. Es hätte ihr gefallen. Sehr. Und ja. Es wäre genauso gewesen, wie bei ihnen beiden. Damals. Genauso plötzlich und dringend. Ob er sich erinnern könne. Ja. Und während sie das gesagt. Während es sich vor sich hingesagt hatte und sie immer noch eine Ausschmückung hinzufügen hatte müssen, war ein Lachen in ihr aufgestiegen. Sie hatte lachen müssen. Er war zurückgetreten. Hatte sie angesehen. Sie hatte gewartet, er auch zu lachen beginnen würde, obwohl sie gewußt hatte, daß er das nicht gekonnt. Der Schmerz hatte sich in seinem Gesicht ausgebreitet.

Festgesetzt. Eine neue Falte die hochgezogenen Augenbrauen in die Stirn. Er hatte sie nur angesehen. Und während sie so lachen hatte müssen, war sein Gesicht schon verzogen. Er hatte dann den Kopf gesenkt. Die Augen abgewandt. War gegangen. Er war einfach weggegangen. Hatte nicht einmal die Tür geschlagen oder etwas gesagt. Sie war lachend zurückgeblieben. Sie hatte sofort begonnen, ihn anzurufen. Gleich nachdem er die Tür hinter sich geschlossen, hatte sie begonnen, ihn anzurufen. Als er dann nach Stunden abhob, hatte er kaum noch sprechen können. Er hatte sich betrunken. Sie hatte ihm erklären wollen, das alles wäre doch ein Scherz, und er wisse das auch. Sie liebe ihn doch. Und die Geschichte mit ihnen beiden. Die wäre doch eine Ausnahme. Sie hätte doch sofort ins Bett gehen müssen. Es war ja nicht sicher gewesen, ob er aus Polen herauskommen würde. Und hätten sie sich das stehlen lassen sollen. Von seinem Staat. Damals. Und er solle sie doch verstehen. Ihr ginge es auch einmal nicht so gut. Sie sei überlastet. In der Redaktion gäbe es wieder einmal nur Intrigen. Das liefe alles nicht so ohne Probleme. Und im Gegensatz zu ihm, mußte sie in ein Büro. Regelmäßig. Und diese Reisen. Die waren wichtig für sie. Und sie hätte auch einmal ein Verständnis verdient. Sie bräuchte das auch einmal. Er hatte nichts geantwortet. Auf keine ihrer Bitten oder Vorhaltungen. »Da kann man nicht mehr reden.« Hatte er gesagt. Und aufgelegt. Und nicht mehr abgehoben. Sie schob den Vorhang zur Seite. Das Weiß des großen Hauses blendete. Ryszards Umarmungen. Von innen und außen kein Teil von ihr, an dem er nicht. Ihr keinen Raum gelassen. Sie beschwert. Umwühlt. Umhüllt. Sie war damals wirklich überlastet gewesen. Der neue Chefredakteur. Sie hatte sogar begonnen, sich nach einem neuen Job umzusehen. Aber es war die Zeit gewesen, in der das erste Mal viele Journalisten entlassen worden waren. Die Sparprogramme gerade begonnen hatten und nur die Boulevardblätter neue Mitarbeiter gesucht hatten. Für eine Wirtschaftsjournalistin war da kein Platz. Sie hätte Unterstützung brauchen können. In der Zeit. Und Ryszard hatte ja nie erzählt, was bei seinen Verhaftungen geschehen. Was mit ihm gemacht worden. Es war wohl nicht zu vergessen gewesen. Wie sollte sich das auch alles. Und hier. In dieser Gegend. Hier in Pankow hatten Leute gewohnt. Wohnten immer noch. Die solche Verhaftungen veranlaßt. Hatte es Unterschiede gegeben zwischen einer DDR-Verhaftung und einer polnischen. Wahrscheinlich und dann nicht. Abgeholt war man worden, weil Geständnisse ausständig. Da wie dort. Und niemand so sicher im Nichtgestehen die Erniedrigung überstehen konnte. Und die Sehnsucht nach dem Normalsein groß. Es richtig machen. Sie hatte ja auch eingegeben. Hatte über Raiffeisen nichts mehr berichtet, weil die Chefredaktion das so lieber hatte. Es war nicht einmal explizit verlangt worden. Sie hatte sich gleich gedacht, die Genossenschaftsmitglieder sollten sich eben selber kümmern. Sollten selbst herausfinden, was ihre Oberen taten. So trieben mit Abfindungen, Verkäufen, Fusionen. Es war schließlich Aufgabe der Mitglieder sich zu informieren. Sie hatte gar nicht abgeholt werden müssen. Nicht einmal bedroht. Man hatte sie wissen lassen, was erwünscht wäre. Und sie hatte sich nicht gewehrt. Nach 2 Gesprächen hatte sie die Recherche aufgegeben. Ryszard war im Gefängnis gewesen. Und eigentlich hatte er sie ja immer nach ihrer Unschuld gefragt. Das war wohl die Art gewesen, wie er lieben hatte können. Geständnisse der Unschuld abpressen. Im Verhör. Und er hatte auch immer alles über ihre früheren Liebhaber wissen wollen. Hatte sie bedrängt, Details zu erzählen. Wie einer es gemacht hatte. Ob so. Oder so. Sie hatte es ihm vorführen müssen. Sie hatte dann eine Vergangenheit erfunden. Er hatte sich nach jedem kleinen Geständnis lustig gemacht. Über sie und über seine Vorgänger. Und da hatte sie dann falsche Geständnisse abgelegt. Wäre es möglich gewesen, ihn zu fragen. Hätte sie ihn bedrängen sollen, ihr zu erzählen. Hätte sie ihm in die Augen sehen und »Was haben sie mit dir gemacht?«

fragen sollen. »Was ist mit dir geschehen?« Aber da war die Grenze gewesen. Und unüberwindlich zwischen ihm und ihr. Ryszard hätte ihr erzählen können. Aber dann wäre alles aus gewesen. Nichts mehr möglich. Ryszard hatte nur Heimlichkeiten treiben können mit ihr. Und mit jeder Frau. Hatte mit ihr und den anderen die Verhöre nachgestellt und sie dann in Lust gewendet. War von seinem schnappenden Luftholen ins Keuchen geraten und in einen Schrei. Dann. Hatte seinen Kopf an ihrem Hals und in ihren Haaren verborgen, diesen Schrei zu ersticken und sie lange nicht losgelassen. Aber so oder so. Sie hatte es nicht gekonnt, seine Therapeutin zu werden. Sie setzte sich in den Polstersessel. Sie hatte zu lachen begonnen. In sein Verhör hinein hatte sie zu lachen begonnen und eilfertig alles zugegeben. Hatte dem Herrn Kommissar ins Gesicht gelacht. Hatte dumm zu lügen begonnen und den Kommissar überflüssig gemacht. Und mußte nicht mehr. Konnte nicht mehr vergewaltigt werden, das Geständnis zu erzwingen. Ab ins Straflager. Die Arbeit des Kommissars zu Ende. Ob gelogen oder nicht. Das richtige Geständnis gezählt hatte. Und Ryszard nicht geliebt werden hatte können. Sie hätte das gleich begreifen sollen. Bei ihm alles um den Beweis gekreist, ein Mann zu sein. Und schon mit der Behauptung des Betrugs ihm seine Einmaligkeit genommen worden. Er war nicht mehr der einzige Mann auf der Welt gewesen. Wahrscheinlich auch seine Geschichtswissenschaft nur das. Odysseus. Frauen zu seiner Bestätigung. Seine Lebensgefährtin in Polen gewartet hatte. Und er. Den Systemen davongesegelt. Einem geregelten Leben. Einer geregelten Arbeit jedenfalls. Und sie bürgerlich genannt hatte, weil sie es gehaßt hatte, wenn er getrunken. Sie sah den Heizkörper an. Schwere, schmiedeeiserne Radiatoren. Die Fenster entlang. Beige gestrichen und viele Schichten Farbe übereinander. Der Lack eine beige Kruste. Die Vorhänge auf die Heizkörper fielen. Ein dünnes Bleiband im Saum auf den Heizkörpern auflag. Grau. Die Vorhänge vergilbt. Da, wo sie zusammengeschoben, bräunlich. Weiß gewesen. Sie stand auf. Schob den linken Vorhang weiter zur Seite und öffnete ein Fenster. Sie hielt die Hand hinaus. Die beiden Fenster zum Öffnen waren in der Mitte der großen Glasflächen eingelassen. Sie gingen nach außen auf und konnten mit einem Haken festgemacht werden. Fortocka. Fiel ihr ein. Im Landes- und Kulturkundeunterricht in Russisch war das immer gefragt worden. Fortocka, ein kleines Fensterchen im großen Fenster, das bei großer Kälte zur Lüftung geöffnet wurde. Ob diese Fensterchen-im-Fenster-Konstruktion davon inspiriert worden war. Im DDR-Wiederaufbau. Sie hielt die Hand durch das Fenster hinaus. Sie mußte sich über den Heizkörper lehnen. Sie stützte sich mit der linken Hand am Fensterrahmen ab und hielt den rechten Arm hinaus. Es dauerte lange, bis sie die Wärme draußen spürte. Sie hielt die Hand in die Wärme. Sie sollte hinausgehen. Sie fror. Es war kalt in der abgestandenen Luft des Zimmers. Sie sollte sich wenigstens eine Weste holen. Sie trat in das Zimmer zurück. Ging vom Fenster zur gegenüberliegenden Wand. Eine schmiedeeiserne Uhr hing über einer gepolsterten Sitzbank. Mindestens 5 Personen hätten auf der Sitzbank sitzen können. Oder ein Mensch liegen. Die Uhr war klein. Ein Tellerchen aus schwarzem Metall. Die Zeiger und Ziffern golden. Ein kupferner Reif rund um die Uhr außen. Die Uhr zeigte 9 Uhr. Die Uhr ging nicht. Es war Nachmittag. Waren in diesem Zimmer Heimlichkeiten möglich gewesen. Oder war es in diese Beobachtung aller eingeschlossen. Waren die Freunde der DDR unbeobachtet geblieben. Wahrscheinlich nicht. Wie auch. Wenn alles und alle beobachtet worden. Und. Wurde noch immer beobachtet. Würde sie, setzte sie sich auf diese Couch und begänne zu onanieren. Würde sie dabei gesehen. Liefen irgendwo noch die Fäden der Beobachtung zusammen. In einer Zentrale, die weiter Material sammelte, weil man ja nie wußte, ob es nicht doch irgendwann einmal gebraucht werden könnte. So wie die Nazis in Wien immer irgendwo in Kellern weiter die Arme hochgerissen und geschrien hatten und jetzt langsam wieder ans Licht krochen. Vielleicht hätte sie sich mit Ryszard in eine Umklammerung retten sollen und nichts anderes mehr. Sich mit ihm zugrunde lieben. So. Wie er es immer gewollt. Sie nie aufstehen hatte lassen wollen. Sie immer ins Bett zurückgezerrt. Sie im Bett festgehalten und sie oft ohne Frühstück und mit ungewaschenen Haaren in die Redaktion gestürzt. Sie setzte sich auf die Sitzbank. Die Rückenlehne kalt gegen ihren Rücken. Sie lehnte den Kopf gegen die Wand. Sah in das Zimmer vor sich. Die Sonne draußen. Es weiß aussah draußen. Von so tief im Zimmer die Mauern des großen Hauses das Licht reflektierten. Im Zimmer das Licht grün. Und nichts zu hören. Die Flugzeuge nach Tegel hier schon sehr tief flogen und im Garten Gespräche unterbrochen werden mußten. Im Zimmer ein dumpfes Dröhnen. Weit entfernt. In diesem Häuschen weit entfernt. In diesem Bungalow, mit dem es ja auch vorbei war. Eigentlich. Es war ja auch ein Abwicklungsobjekt, wie ihr erzählt worden. Ehemalige Besitzer hatten sich gemeldet, hieß es. Eine Nutzung müßte gefunden werden. Das mit dem Vermieten, das reiche nicht. Eine Sanierung könnte so nicht finanziert werden. Die Spuren der DDR würden verschwinden. Als hätte es sie nie gegeben. Auch hier nicht. Als hätte sich hier nie jemand angestrengt, einen Salon einzurichten. Es genauso toll zu haben wie im Westen. Oder toller. Der Versuch zerstört, die Schrankwand ebenso gut zu machen. Dieser Versuch war umsonst gewesen. Dann. Wie die Arbeit der Tapezierer, die Polstersessel und Sitzbänke fett und prachtvoll. Das alles und das Scheitern verschwinden würde und übrig bleiben nur die, die damals verschwunden. Für immer versunken im nutzlosen Ablauf der Geschichte. Im Ablauf dieser Gespräche zwischen Stalin und Ulbricht und dann mit Chruschtschow und dann mit Breschnew und dann Honecker mit Gorbatschow. Es war ja ein Wartezimmer. Dieser Salon im Gästehaus. Viele Personen konnten hier die Wand entlang sitzen.

Die Köpfe an die Mauer gelehnt. Und 6 konnten essen. Währenddessen. Konnten sich auf die orangebraunbeige gestreiften Sessel setzen. An den Tisch. Konnten sich über das Essen beugen auf dem zu niedrigen Tisch. Für sie war es richtig, in einem Wartezimmer gelandet zu sein. In einem Wartezimmer, das auf Abbruch wartete und sie darauf wartete, wieder etwas zu fühlen. Auf ein Gefühl in sich. Auf irgendeine Regung. Vielleicht ja zu fühlen aufgehört. Vielleicht mit dem letzten »Lore« sich ihr Fühlen erledigt und Gefühle nur noch Erinnerungen. Vielleicht ein Leiden nur mehr an der Erinnerung. Richard. Damals. Ihn hätte sie noch umbringen wollen. Nach der Scheidung. Lange Zeit nach der Scheidung der Wunsch ihn umzubringen immer gegenwärtig gewesen. Ihn vor sich gesehen hatte. Wie er immer geschlafen hatte. Er hatte im Schlaf immer auf dem Rücken gelegen. Ein Bein angezogen. Das Knie nach außen. Eine Hand unter der Decke. Auf seinem Bauch. Der andere Arm abgewinkelt unter dem Polster. Oder neben dem Polster gelegen. Der Mund ein wenig offengestanden. Richard hatte nie geschnarcht. Still die Luft durch Mund und Nase eingesogen. Sie hatte sich zu seinem Gesicht beugen müssen, sein Atmen zu hören. Sie hätte ein Messer genommen. Es hätte ein Stilett sein müssen. Dünn. Ein Butterfly schon zu breit. Eine geschärfte dicke Nadel. Eine zugespitzte, zugefeilte Stricknadel. Und in sein Auge. Sie hätte mit der Nadel in sein Auge gestochen. Sie hätte rechts von ihm am Bettrand gesessen. Und sie hätte den Stich mit der rechten Hand ausgeführt. Sie hätte dagesessen und ihm zugesehen beim Schlafen. Sie hätte die Hand gehoben. Seinen Kopf mit der linken Hand gehalten. Nur gehalten. Nicht in die Haare verkrallt. Nur gehalten. Gegen die Nadel. Und sie hätte ins rechte Auge. Sein linkes. Auf dem Lid angesetzt und dann hinein. Die Nadel geschoben. Nach oben. Schräg. Er hätte sofort tot sein sollen. Ihn nicht sterben sehen hätte wollen. Er hätte nur schnell tot sein sollen. Nicht mehr da. Weg. Die gemeinsame Zeit in seinem Tod beschlossen. Nicht fortgetragen von ihm. Nicht verloren. So. Warum sie das so aufgeregt hatte. Richards Auszug. Sie hatte ihn ja längst nicht mehr leiden können. Sie hätte ihm zuvorkommen sollen. Sie war die beruflich Erfolgreichere gewesen. Sie hätte es sich leisten können. Sie stand auf und ging zum Fenster zurück. Ging auf das Fenster zu. An der Schrankwand entlang. Dunkelbraunes Furnier. Platz für den Fernsehapparat. Das Radio ein eigenes Fach. Hinter Glas kleine Büsten von Richard Wagner, Friedrich dem Großen und eine, die nicht zu erkennen war. Sie öffnete die Glastür. Die Tür oben und unten verzogen. Sie paßte nicht. Ließ einen nach links weiter werdenden Spalt offen. Sie nahm die kleine Büste heraus. Die, die sie nicht zuordnen konnte. Die Büste griff sich weich an. Kreidig. Sie war gelblich verfärbt. Das Gesicht flach. Als wäre es abgerieben. Als hätte jemand mit einem nikotingebräunten Daumen daran gerieben. Mund und Nase waren nur noch Striche. Die Nase nur noch eine kleine Wölbung nach vorne.

Sie fuhr mit dem Daumen über das Gesicht. Es war angenehm. Sie rieb den Daumen gegen das Gipsgesichtchen. Ging dabei hin und her. Rieb die Büste. Stellte sie dann wieder zurück. Hätte sie gewartet. Hätte sie auf etwas warten müssen, es wäre angenehm gewesen, diese Büste so reibend auf und ab zu gehen. Hatte jemand sein Warten an dieser Büste ausgelassen und das Gesicht der Büste ausgerieben dabei. Sie setzte sich in den Polstersessel. Der Vorhang bewegte sich leicht. Ein Wind von draußen oder ein Luftzug von ihrem Vorbeigehen. Sie saß. Sah vor sich hin. Es war der letzte Tag im Mai. Sie sollte ausgehen. Sollte in die Stadt fahren. Herumgehen. Mit der U-Bahn von Vineta nach Alexanderplatz fahren. Oder Nollendorfplatz. Und von dort ins Café Einstein. Einen Eiskaffee. Und die Zeitungen lesen. Und dann ins Kino. Oder nur herumgehen. Sie sollte irgend jemanden anrufen und etwas ausmachen. Sich um ihre Arbeit kümmern. Sie saß da. Die Hände auf den Armlehnen. Die Beine nebeneinander. Sie spürte plötzlich, wie stark ihr Rücken angespannt und die Finger um die Armlehne gekrümmt. Sie holte Luft und ließ sich langsam gegen die weiche Rückenlehne zurücksinken. Ließ die Hände auf die Oberschenkel rutschen. Eine Biene flog durch das Fenster herein und gleich wieder hinaus. Es hätte auch eine Wespe sein können.

DIE SCHATTEN der Mittagssonne kurz. Sie ging Maine Street hinunter. In Richtung Delaware. Links eine Plankenwand. Plakate aufgeklebt. Dann wieder ein Backsteinbau. Das blau-weiß-rote Zeichen für Friseur an der Fassade. Wegstand. Die Straße nach rechts. In der Mitte aufgewölbt. Auf der anderen Seite ein graues Fabrikgebäude. Nicht groß. Blaue Buchstaben in den Fenstern. Das Wort Museum. Dann auch auf der anderen Seite Backsteinbauten. Arkaden über dem Gehsteig. »Bakery« auf einem Schild an der Ecke Maine und Delaware in die Kreuzung ragend. Auf dem Schild rote, blaue und gelbe Blumen in einem weißen Körbchen und darüber »Bakery« in einem

Bogen in grüner Schrift. Sie ging die Plankenwand entlang. Die Plakate riesige Farbflecken so nah. Blau. Himmelblau. Und ein Rot. Ein Afroamerikaner kam ihr entgegen. Sie gingen aneinander vorbei. Sie stieg auf seinen Schatten im Vorbeigehen. Sie ging am Friseurgeschäft vorbei. Die Tür stand offen. Das Geschäft leer. Der Friseur saß vorne am Fenster. Las Zeitung. Eine Brille auf der Nase weit nach vorne gerutscht. Seine türkisblaue Jacke nicht zugeknöpft. Graue Brusthaare unter dem Unterhemd hervor. Sie ging über die Straße. Von rechts weit unten ein Auto. Im Flimmern der Hitze über dem Asphalt die Farbe nicht zu erkennen. Dunkelblau oder dunkelgrün oder ein Grau. Zu weit weg. Sie überquerte die stark gewölbte Straße. In den Arkaden die Hitze wie auf der Straße. Aber dunkler. Sie ging auf die Bakery zu. Ein Kleidergeschäft rechts. Helle Kleider in großen Größen. Die breiten Stoffteile gleich hinter dem Glas der Auslage aufgehängt. Dahinter die Lichter im Geschäft. Daneben ein Möbelgeschäft. Sessel und Schaukelstühle. Gitter vor der Auslage und dem Eingang. Eine Lampe weit hinten im Raum. Ihr Licht gelb. Sie ging in die »Bakery«. Er war schon da. Wartete im Restaurantteil. Er hatte noch kein Essen vor sich. Hatte auf sie gewartet. Sie küßten einander. Auf den Mund. Schnell. Er legte ein Buch auf den Tisch, und sie gingen ihr Essen holen. Salate und Diet Coke und einen Apfelkuchen. Zum Teilen. Sie holte dann noch einen Milchkaffee. Sie besprachen, was jeder noch zu tun hatte. Und ob sie am Abend zu Hause essen sollten oder in ein Restaurant gehen. Und sollten sie in der Nähe bleiben oder wieder nach Indianapolis. Oder überhaupt weit weg und übernachten. Sie beschlossen zu Hause zu bleiben. Er würde den Wein besorgen. Sie war früher fertig und hatte Lust zu kochen. Was er sich zu essen wünschte. Sie trugen ihr Geschirr an die Theke und schoben die Tabletts auf das Förderband. Die Tabletts fuhren langsam davon. Er legte den Arm um ihre Schultern. »Dann mach's gut. Eleonore.« Sagte er. »See ya.« Flüsterte sie ihm zu und küßte ihn rasch auf die Wange. Wann sie nach Hause kommen werde. Ungefähr. Wollte er wissen. So um 6, sagte sie. Aber es könne auch später werden. Er wisse ja. Sie habe Sprechstunden am Freitagnachmittag. Sie gingen in entgegengesetzte Richtungen. Ihr Institut am Ende der Maine. Seines im Fakultätsgebäude in der Mitte des Campus. Nein, sie wolle sicher zu Fuß gehen, rief sie ihm noch zu, auf seine Frage, ob sie nicht doch mit ihm fahren wolle. Sie ging am Museum vorbei. Kleine Häuser dann. Gepflegt noch. Dann schäbig. Dann heruntergekommen. Kurz unbebautes Gebiet und dann wieder Einfamilienhäuser. Gärten. Rasen. Platanen am Straßenrand und alte große Bäume in den Gärten. Und dann die ersten Gebäude der Universität. Sie wanderte die Straße entlang. Niemand anderer ging und nur selten ein Auto. Sie war gewarnt worden, Maine zu gehen. Es wäre nicht sicher. Aber sie hatte sich nicht daran gewöhnt, jeden Weg mit dem Auto und Bewegung nur im Gym. Sie fühlte sich unternehmungslustig, allein durch die Hitze zu gehen. Sie sah auch niemanden bei den Häusern. Im heruntergekommenen Teil keine Bäume, die Häuser oder die Straße zu beschatten. Die Gärten oft nur gestampfter Boden und keine Pflanzen. Es gab Gerüchte, diese Gebäude niedergerissen werden sollten. Der ganze Block. Sie ging durch die Hitze. Die unbebaute Strecke nur noch Sonne und Staub. Vertrocknete distelartige Pflanzen weithin und die Straße dunkelflimmernd dazwischen. Am Institut angelangt, war sie verschwitzt. Sie holte sich eine Flasche Wasser aus der Cafeteria und setzte sich hinter ihren Schreibtisch. Das schweißdurchtränkte Kleid lag feucht und kalt auf ihrer Haut. Sie machte das Fenster auf. Die erste Studentin stand in der Tür. Ihre Sprechstunden begannen um 3 Uhr. Es war 5 Minuten davor. Sie fragte die Studentin, ob sie das offene Fenster störe. Die junge Frau sagte, ja. Sie könne diese Hitze nicht aushalten. Sie lehnte den Fensterflügel an. Die Klimaanlage blieb so ausgeschaltet. Sie lief nur bei geschlossenen Fenstern. Die Sprechstunde zog sich hin. Sie war schläfrig. Sie mußte immer wieder aufstehen und im Zimmer auf und ab gehen, auf die Fragen der Studentinnen und Studenten Antworten zu finden. Um halb 6 war sie fertig. Sie sperrte ab und legte den Schlüssel zu Mrs. Mitchell. Die Institutssekretärin bemerkte sie nicht. Sie telefonierte. Sie sprach leise in den Hörer. Sie hatte sich vom Schreibtisch weggedreht und sah zum Fenster hinaus. Sie lief zum Lift. Ihr Auto stand unten vor dem Haus. Sie traf niemanden. Alle waren schon ins Wochenende gefahren. Was sollte sie kochen. Sie lehnte sich gegen die Liftwand. Es war wunderbar, sich einem so trivialen Gedanken hingeben zu können. Solange sie als Journalistin gearbeitet hatte, war nie ein Ende gewesen. Sie hatte nicht von der Zeitung weggehen können, ohne weiter über die Probleme nachdenken zu müssen. Ohne nicht noch lange alles mit hinaus zu schleppen. Nur daran zu denken, was gekocht werden sollte. Sie lächelte. Das Auto hatte in der Sonne gestanden. Das Lenkrad glühend heiß. Sie fuhr weg. Schaltete die Klimaanlage auf die höchste Stufe und hielt das Lenkrad mit den Fingerspitzen. Sie fuhr zu Antonio's auf der 7. Straße. Sie kaufte Nudeln, italienischen Essig. Öl war zu Hause. Schinken und Parmesan und Oliven. Im Supermarkt Salat und Obers und Steaks. Milch. Eis war genug daheim. Sie nahm noch tiefgekühlte Himbeeren für eine Sauce. Sie reihte sich an einer Kasse ein. Ließ einen jungen Mann vor, der nur eine Flasche Coca-Cola gekauft hatte. Mit den Einkaufstüten im Auto fuhr sie zu ihrem Haus. Fuhr einen Umweg. Fuhr unter den Platanen die gewundenen kleinen Straßen auf die andere Seite des Campus. Sie fuhr nie die schnelle Straße außen herum. Hier, in dem Straßengewirr war alles so, wie sie es sich vorgestellt hatte. Breite Rasenstücke. Die neugotischen Gebäude. Manche von wildem Wein überwuchert. Die neueren Häuser. Die Wohnhäuser der Studentenvereinigungen. Alle Gebäude von Bäumen umgeben und die Platanenalleen die Straßen entlang. In den Wohngegenden die Häuser. Jedes anders. Alle Stile vertreten und alle hinter Büschen und Bäumen verborgen. Ihr Haus. Pauls und ihr Haus eine winzige viktorianische Burg. Das Treppenhaus in einen kleinen Turm hineingebaut, mit einer mittelalterlichen Brüstung als Abschluß. Man konnte hinaufsteigen und in die Kronen der Bäume hinaussschauen. Das Haus immer schattig und ruhig. Die Nachbarn weit weg. Als wären sie allein auf der Welt, konnten sie auf der Terrasse sitzen. Sie fuhr langsam. Die vorgeschriebenen 25 Meilen. Sie hielt an jeder Kreuzung an und rollte so durch die schattig menschenleere Welt. Die Jogger würden erst am Abend wieder laufen. Und der Lärm von Barbecues und der Geruch. Sie würde den Salat gleich waschen. Alles andere würde sie erst beginnen, wenn er da war. Sie würden Weißwein trinken und kochen. Sie würden in der Küche hin und her gehen. auf die Terrasse hinaus. Und reden. Über den Tag. Seine Arbeit. Ihre Arbeit. Ihre Kollegen. Seine Kollegen. Was wieder an Bürokratie von ihnen verlangt worden. Wer wieder alles nicht berufen wurde. Und wer von den Graduates auf dem Jobmarkt Chancen haben würde. Ob sie nach Europa fahren sollten im Sommer. Gemeinsam oder doch lieber jeder nur kurz nach Hause und dann eine große Reise. Gemeinsam. Mexiko. Sie war noch nie in Mexiko gewesen. Und vielleicht mußten sie ja das Kochen sein lassen und sich miteinander beschäftigen und dann in Bademänteln über das Essen herfallen. Es war perfekt. Es war alles perfekt. Alles war richtig. Mit ihm zusammen war plötzlich alles richtig geworden und eine Änderung. Daß etwas anders sein könnte. Es war nicht vorstellbar. Und für ihn auch nicht. Da war sie sicher. Sie bog in die Horatio Street ein. Sie würde zuerst einmal duschen. Auf der Einfahrt zu ihrer Garage standen 2 Autos. Sein Chrysler und ein Toyota Pick-up. Sie mußte ihren Wagen schräg hinter die beiden Autos stellen, um den Gehsteig nicht zu blockieren. Er war früher gekommen. Warum. Und wem gehörte der Toyota. Wer fuhr einen lilafarbenen Toyota. Sie hoffte, es wäre keiner seiner Studenten. Er nahm sie manchmal nach Hause mit, und es wurde bis in den Morgen diskutiert. Und hoffentlich war es nicht die neue Assistenzprofessorin von seinem Institut. Sie wäre einsam, hatte er gesagt. Man müsse sich um sie kümmern. Sie einladen. Sie holte die 2 Tüten mit den Einkäufen aus dem Kofferraum. Also kein Abend zu zweit. Sie war enttäuscht. Wütend. Sie würde nicht kochen. Sie würde das Fleisch einfrieren. Es war ohnehin zu wenig für 3 Personen. Essen gehen war dann besser. Dann mußte der Abend wenigstens enden, wenn das Restaurant schloß. Sie ging rund um die Garage. Er würde mit dem Gast auf der Terrasse hinten sitzen, und sie konnte so direkt in die Küche. Sie rief noch hinter der Garage, ob Paul ihr tragen helfen könnte. Sie kam um die Ecke. Die Gartenstühle an den Tisch gelehnt. Die Plastikhüllen über den Liegebetten. Die Polster nicht aufgelegt. »Paul.« Rief sie. Die Türen waren verschlossen. Sie stellte die Lebensmittel vor die Küchentür und ging um das Haus herum zurück. Sie zwängte sich zwischen der Garagentür und den Autos durch. Sie stützte sich kurz auf der Motorhaube von Pauls Auto ab. Sie hatte Hitze erwartet. Das Blech war kühl. Sie verlor die Balance und mußte sich mit der Handfläche abstützen. Die Motorhaube fühlte sich metallkühl an. War Paul nicht mit dem Auto weggewesen. War er zu Fuß gegangen. Paul ging doch nie. Er hatte ihr immer wieder die Statistik von Überfällen auf Fußgänger und Autofahrer vorgerechnet. Ein Fußgänger hatte eine 15mal größere Chance, überfallen zu werden. Er bliebe deswegen beim Autofahren, hatte er gesagt. Die Haustür war nicht versperrt. Sie mußte den Schlüssel nur nach links drehen, das Schloß aufschnappen zu lassen. Die Tür glitt auf. »Paul.« Rief sie. Die Luft im Haus war abgestanden und warm. Sie schaltete die Klimaanlage ein und ging um die Ecke in das Wohnzimmer. Niemand war da. Alles war so, wie sie es am Morgen zurückgelassen. Die Zeitung auf dem Eßtisch und der Sportteil auf dem Couchtisch. Sie sammelte die Zeitungsteile ein, ging in die Küche und steckte sie in den

Papiersammelcontainer. Eine Flasche Wasser stand auf dem Küchentisch. Nicht verschlossen. Halbvoll. Sie ging, die Tür zur Terrasse aufzusperren. Sie sah die Säcke mit den Lebensmitteln draußen stehen. Sie würde sie mit der Tür umwerfen. Die Tür ging nach außen auf. Sie war so sicher gewesen, Paul wäre. Sie stand an der Tür. Sie hatte die Flasche sicher nicht auf dem Tisch stehen gelassen. Sie sah den leeren Küchentisch vor sich beim Weggehen. Sie stand still. Ging wieder ins Wohnzimmer. Ging zur Haustür. Sah die Stiege hinauf. Hatte sie jetzt die Küchentür aufgesperrt. Sie ging an die Treppe. Sie mußte das Fleisch in den Eiskasten. Und die Beeren tauten auf. Die Milch sollte auch nicht so lange. Sie stieg hinauf. Auf dem Stiegenabsatz wollte sie wieder »Paul.« rufen. Aber die Stille ließ das nicht zu. Sie sah in sein Arbeitszimmer rechts. In ihr Arbeitszimmer links. Die Tür zum Schlafzimmer war angelehnt. Sie ließen die Türen offen beim Weggehen. Der Gang war dann nicht so dunkel. Sie schob die Tür auf. Paul und die junge

Frau. Sie waren beide nackt. Lagen auf den Federbetten. Halb übereinander. Die junge Frau auf dem Bauch. Paul auf dem Rücken. Pauls Augen waren halb offen. Sein Mund. Er grinste. Die beiden lagen vor ihr. Pauls Bauch und Brust. Das Blut. Der Rücken der Frau. Die Bettdecke unter ihnen. Das Blut hatte sich bis in die äußersten Zipfel gesogen. Das waren ihre Federbetten gewesen. Die hatte sie mitgenommen, weil sonst nirgendwo so leicht gefüllte, kuschelige Daunendecken zu haben waren. Für jede Temperatur und jedes Klima. Hatte sie immer gedacht.

SIE SASS DA. Zurückgesunken. In den Sessel gepreßt und starrte vor sich hin. Halb die Schrankwand vor sich. Halb das Fenster und die Betonplatten. Es ging ums Sterben. Um nicht mehr und nie wieder. Und warum hatte keiner von ihnen beiden etwas gesagt. Keiner in den Hörer geschrien, es nicht ginge. So nicht ginge mit dem Entferntsein. Wie hatten sie beide still dasitzen können. Sie hatte ihn nicht einmal atmen gehört. In ihrem Sessel den Hörer auf dem Schreibtisch drüben liegend, hatte sie gar nichts mehr von ihm gehört. Und den Tod gewollt. Sie mußten beide diesen Tod gewollt haben. Sonst ein Aufschrei. Wenigstens. Und für beide dann der eigene gewesen. Für sie war es der eigene Tod geworden. Und es hatte so einfach ausgesehen, den eigenen durch einen fremden zu vermeiden. In dem Augenblick des In-Den-Hörer-Lauschens hatte es noch so ausgesehen, als wäre es der andere, der zu treffen. Als wäre es möglich, den anderen Tod zu verursachen und sich den eigenen damit zu ersparen. Sie hatte sich verrechnet. Sie hatte gedacht, ihr Schweigen würde ihn treffen. Würde ihn zum Brüllen bringen. Und er noch in der Nacht vor ihrer Tür stehen und wieder sagen, »Ich habe in München keinen Parkplatz finden können.« Er hatte das in die Sprechanlage gesagt. Sie hatte sich gar nicht gleich erinnern können, wer das sein könnte. Nicht gleich gewußt, wessen Stimme das. Tief in der Nacht gewesen. Lange nach Mitternacht. Sie hatte in der Tür gestanden. Im Bademantel. Sie hatte einen neuen angehabt. Damals. Zum Glück. Sie hatte auf den Lift gewartet und dann schon gedacht, daß er es sein mußte. Aber ganz sicher war sie nicht gewesen. Sie hatten einander gerade erst kennengelernt gehabt. Und sie war verschlafen gewesen. Nicht ganz wach. Und er war aus dem Lift getreten und hatte sie in die Wohnung zurückgeführt, als wäre es seine, und sie waren ins Bett gegangen. Er hatte solche Überraschungen gekonnt. Ein Essen kochen und fertig gehabt, wenn sie nach Hause gekommen. Geschenke versteckt. Neue Unterwäsche unter der alten gefunden. Ihre Lieblingsschokolade in der Handtasche. Und kleine Botschaften. Zettelchen in ihrem Aktenkoffer. I. L. D. hatte er immer geschrieben. Oder in Jackentaschen kleine Briefe. Und wenn etwas mit einem Essen im Restaurant nicht in Ordnung gewesen. Oder mit dem Wein. Dann war er in die Küche gegangen und hatte sich beschwert für sie. Sie hatte dann alles gegessen und getrunken und nichts mehr gesagt. Er war nicht gekommen. Nicht mehr. Sie war lange sitzen geblieben. Hatte dem Besetztzeichen zugehört. Hatte sich dann irgendwann aufs Bett gelegt. Sich nicht ausgezogen. Nicht ausgezogen von ihm gefunden werden wollte. In den Kleidern geschlafen. Sie war sicher gewesen, er würde zeitig am Morgen aufbrechen und zu ihr fahren. Er war immer gekommen. Und immer er zu ihr. Er immer gesagt hatte, Wien die schönere Stadt. Er hatte sie nicht in München haben wollen. Das war alles gewesen. In München. Da war Traude. München gehörte Traude. In München war kein Platz für ein zweites Opfer seines schlechten Gewissens. Hatte er eigentlich gedacht, noch einmal mit ihr zusammenzukommen. Obwohl er sich scheiden hatte lassen. Sie hätte mit Traude reden sollen. Aber das war nie möglich gewesen. Und es hatte sie auch nicht interessiert. Zuerst mit ihrem Glück beschäftigt gewesen. Jahrelang. War sie je mit einem anderen so lange so glücklich gewesen. Wahrscheinlich war er die Liebe ihres Lebens. Jedenfalls war er die längste. Und dann. Seine Entfernung von allem. Sein Desinteresse. Sein Rückzug. Was hätte sie da mit Traude besprechen sollen. Die kannte das ja. Es würde nun wieder etwas nicht mehr geben, was das Leben die längste Zeit ausgemacht hatte. Und das nun nie wieder. Sie war müde. Sie beugte sich vor. Stützte die Ellbogen auf die Knie. Den Kopf auf die Hände. Wie hatte es wieder geschehen können, so viel von sich bei einem anderen zurückzulassen. Wieder unvollständig zurück. Wie war es überhaupt dazu gekommen, so viel an ihn abzutreten. Er hatte nichts verlangt. Aber Männer konnten gut von Spenden leben. Sie mußten nichts verlangen. Und als Frau. Die Erwartung der Schmerzen eine Verbrämung der Geschenke. Weibliches Heldentum keine anderen Mittel. Aber er mußte auch sterben. Hatte er keine Angst. War er ganz geblieben. Hatte er es fertiggebracht, auch in der größten Auflösung ineinander. Hatte er sich da nicht. War er immer vollständig geblieben. Und waren die Erinnerungen dann falsch. Seine Seufzer alle gelogen gewesen. Und rechnete er mit einem neuen Leben. Oder hatte er schon eines gehabt. Hatte er schon längere Zeit ein neues Leben gehabt und nur darauf gewartet, bis sie in ihrem Unverständnis die Geschichte zu Tode getrampelt hatte. Das Ende für ihn erledigt. Und ihn auch noch dieser Pflicht enthoben und er in sein neues Leben abschwirren hatte können. Waren ihm Wiederholungen zur Hand. Aber wahrscheinlich hatte er keine Angst vor Wiederholungen und hatte sie längst begonnen. Sie stand auf und ging in das Zimmer. In den Gang hinaus. Ging in das Zimmer zurück. Setzte sich auf die Couch bei der Tür. Sie hätte es wissen können. Wahrscheinlich. Er war ja nur am Wochenende. Er hatte sich das Arbeitszimmer in ihrer Wohnung zurechtgeschoben und seine Bücher dagehabt. Und ein Sakko. Für schön. Und sein Rasierzeug. Sein Leben hatte er in München gelassen. Und mit 52 mußte sie jetzt wieder lernen, allein zu sein. Aber nur abstrakt. Sie war fast immer allein gewesen. Und es war ja auch angenehm. Dieses unbehelligt vor sich hin. Und viel änderte sich nicht. Sie war gescheitert. Sie hatte alles anders gewollt. Er nicht. Er hatte die Orte für seine Lebensteile auseinander halten müssen. Sie hatte nur ein Leben haben wollen. Und sie hätte nicht mehr warten können. Sie hätte nicht länger dasitzen können und rätseln. Kam er nun am Freitag. Oder doch erst am Samstag. Und würde er dann bleiben oder nach einer Nacht gleich wieder weg. Sie hätte sich nicht länger von den Zeiten mit ihm in die Zeiten ohne ihn oder in die Warterei auf ihn stoßen lassen dürfen. Er hatte ihre ganze Zeit in Besitz genommen und mußte nicht einmal anwesend sein dafür. Sie stand auf und ging ans Fenster. Stand da. Verschränkte die Arme. Schaute hinaus. Die Schatten fast über alle Betonplatten hin. Ein leichter Wind die Sonnenflecken in den Schatten aufleuchten ließ. Hatte sie nun ihr Leben an die Männer. Verschwendet. An die Liebe. Kinder. Mit Richard hatte sie noch Kinder gewollt. Aber dann nicht mehr. Und würden Kinder etwas ändern. Er hätte sie allein gelassen. Die Kinder müßten groß sein. Sie wäre allein. So oder so. Und er war damit einverstanden. Sonst hätte er ja etwas gesagt. In den Hörer. Er war nicht einmal mehr wütend gewesen. Vielleicht sollte sie ihn anrufen. Sie ging zum Eßtisch in die Ecke. Stand vor dem Tisch. Schaute auf das Telefon hinunter. In ein paar Sekunden konnte sie ihn am Telefon haben. Jetzt. Gleich. Um diese Zeit. Er wäre sicherlich zu Hause. An seinem Schreibtisch. Er war ja immer erst spät ausgegangen. Oder hatte sich etwas zu essen gemacht. Paul aß immer perfekt. Er würde nie eine Wurstsemmel hinunterwürgen. Oder eine Riesenportion Spaghetti mit einer Sauce aus der Packung. Oder eine ganze Schachtel Bonbons im Auto auf den Beifahrersitz gestellt und eins nach dem anderen in sich hineingestopft. Wahrscheinlich wäre ohnehin Traude am Apparat. Traude würde ihn trösten. Traude immer für ihn dagewesen und er sie vorwurfsvoll angesehen, wenn sie ihn gefragt, warum Traude immer in seiner Wohnung. Und daß Mißtrauen unter ihrer Würde wäre. War er nur einfach zu

Traude zurück. Ein Lufthauch blähte den Vorhang ins Zimmer. Sie ging zum Fenster. Setzte sich wieder. Wenigstens hatte sie abgenommen. Die Hosen saßen locker. Spannten nicht mehr um die Oberschenkel. Alle Anstrengungen, ein Essen zur Seite zu schieben, waren verflogen. Sie hatte keine Lust mehr. Auch das anders. Früher. Schokoladenorgien die Antwort gewesen. Süßigkeiten bis zum Erbrechen. Und Alkohol. Whisky. Die Welt ein bißchen undeutlicher zu machen. Und die Abende abzukürzen. Die Kopfschmerzen am Morgen dann vom Alkohol und nicht vom Lebenselend. Sie hätte auch keinen Alkohol trinken mögen. Eine Fliege kreiste im Zimmer. Sirrend flog sie große Kreise unter den 4 Lüstern mit den runden Glaskugeln. Die Lüster sahen wie altmodische Straßenlampen aus. Laternen. Paris. Mont Petit. Neblige Luft. Abend. Und ein Kuß. Dunkle Mäntel und man nicht sehen konnte, wo die Frau begann und wo der Mann aufhörte. Das Umschlagbild einer Taschenbuchausgabe von *Mon Petit*. Das Buch aus der Bibliothek des Vaters genommen hatte. Aus der verbotenen Ecke. Aber die falschen Gründe gewesen, warum diese Bücher verboten gewesen. Das Geschlechtliche daraus nicht zu lernen gewesen. Aber Hingabe. Wie die kleinen Grisetten den Mon Petits ihre Leben schenkten. Für eine Nacht. Du lieber Himmel. Die Fliege tief über dem Teppich kreiste. Nur ihr Fliegen zu hören. Eine Runde unter den Lüstern. Zwischen den Lüstern durch. Ein kleines schwarzes Kügelchen gegen die helle Decke. Sie sah der Fliege nach. Ihrem Surren. Zwang sich, der Fliege nachzusehen. Nicht hinaus. Er würde nicht kommen. Er konnte nicht kommen. Er konnte gar nicht wissen, wo sie war. Es hatte keinen Sinn, den Weg zum Gartentor entlang zu sehen. Er vermutete sie in Italien. Bei den Richters. In ihrem umgebauten Kloster in den Bergen über Arezzo. Vielleicht ja dorthin gefahren. Doch hingekommen. Aber die Hügel um Arezzo. Viel zu schön gewesen. Und die Richters viel zu nett. Sicher nichts gefragt hätten. Ob er. Wann er. Wo er. Sie hätte nichts erklären müssen, aber es doch getan. Die Liebenswürdigkeit der Richters sie in ein Geständnis gedrängt und dann alle Haltung verloren. Wahrscheinlich. Und niemand verstehen würde, warum sie sich so und so lange herumstoßen hatte lassen. Und es ja nun auch niemand mehr mußte. Hier kannte sie niemanden. Mußte mit niemandem reden. Sie konnte der Putzfrau zusehen, wie sie ihren Müll überprüfte. Die Putzfrau kam immer aus dem Haus, sobald sie einen Müllsack hinausgetragen und in die Mülltonne geworfen hatte. Die Frau beugte sich tief in die Tonne hinein und wühlte in ihrem Müllsack. Das hatte sie die letzten 20 Jahre gemacht. Wahrscheinlich. Wahrscheinlich hatte diese Frau einen Auftrag gehabt und den Müll der Staatsfreunde oder der Literaten, die dann hier gewohnt, überprüft. Vielleicht hatte sie Manuskriptschnitzel zusammensetzen müssen. Oder die Flaschen zählen, die in diesem Haus getrunken worden. Oder Westware. Hinweise auf Westware suchen müssen. Es mußte etwas fast Gemütliches gehabt haben. Die

Obrigkeit, die alles wußte. Sie hatte ja auch zu Hause lieber alles gebeichtet. Ja. Mehr gebeichtet, als sie getan. Die Eltern hatten dann in der Bibliothek gesessen. Stumm. Sie hatte auf ihr Zimmer gehen müssen. Hinter der Küche. Aber nichts Unerwartetes auftauchen hatte können. Die Eltern wieder enttäuscht von ihr. Aber auch zufrieden. Ihr Vater später dann ein bißchen vorwurfsvoll gewesen. Wegen ihrer Karriere. Wirklich nicht zu erwarten gewesen, daß aus diesem Kind. Ihm dann gesagt hatte, daß alles seiner Erziehung zu verdanken. Der alte Mann es geglaubt hatte. Es gerne geglaubt hatte. Und er ja auch nur die gleiche Erziehung gehabt, wie die Leute hier. Deutsche Offiziere alle gewesen. Der Verlust der Kaiser sie alle auf die Suche nach Ersatz gezwungen. Rechts und links. Und alle strenge Kinderzimmer einrichten hatten müssen. Die Fliege auf dem Vorhang gelandet. Sie raschelte. Kurz. Dann wieder Stille im Zimmer. Von draußen ein Rauschen. Entfernt. Die Flugzeuge von Zeit zu Zeit dröhnend. Aber sehr weit entfernt. Die

Stille im Zimmer nicht betrafen. Sie sollte sich aufraffen. Hinausgehen. Wenigstens in den Schloßpark am Ende von diesem Majakowskiring gehen. Andere Leute sehen. Wenigstens sehen. Und daß jeder nur gehen und atmen konnte und niemand mehr. Und sich auf eine Bank setzen. Ein Buch mitnehmen. Lesen. Sie sollte über ihre Arbeit nachdenken. Die Serie, die sie schreiben hatte wollen. Telefonieren. Verabredungen. Berlin ausnützen. Herausfinden, was diese Riesenbaustellen bedeuteten. Wer sich was vorstellte. Wer überleben würde und wen die Phantasie überholen. Und was das für die Menschen hieß, die auf der Straße gingen. Hasteten. Die Menschen hier viel schneller gingen als in Wien. Und waren es die Kräne, die einen sich klein fühlen ließen. Und immer war Existenzangst da. Oder es war ihre Stimmung. Aber wenn jemand in die Straßenbahn stieg. Oder in die U-Bahn. Alle angestrengt und nur auf das Aussteigen warteten. Die Schultern nach vorne. Aber angespannt. Und nichts wahrnahmen. Die meisten nichts. Das schwule Pärchen die einzigen gewesen, die gelacht hatten. Miteinander und dann sie angelächelt. Und Blickkontakt kein Problem. Aber ein gewisser Exhibitionismus schon notwendig, wenn man neben Piercings in der Nase, den Lippen, der Zunge und den Augenbrauen, der eine auch noch auf der geschorenen Glatze vorne an Stelle eines Haaransatzes kleine, breite, silberne Ringe in der Haut stecken hatte. Der andere hatte die Ohren voller solcher Ringe. Der mit dem Haaransatz aus Piercings hatte keine Ringe in den Ohren. Nicht einmal Löcher gestochen. Rosig unversehrt waren seine Ohren gewesen. Die beiden hatten Händchen gehalten. Gekichert und aufeinander eingeredet. Gelacht. Sie waren bei der Station Märkisches Museum eingestiegen und Alexanderplatz wieder ausgestiegen. Eine Gruppe Frauen links. Die Frauen hatten zu lachen begonnen, als die beiden an ihnen vorbei gegangen waren. Die 2 hatten durch die Fenster des gerade abfahrenden Zugs den lachenden Frauen zugewunken. Die Frauen hatten weiter gelacht und zurück gewunken. War es noch nicht vorbei mit den strengen Kinderzimmern, wenn die Kinder sich selbst verletzen mußten. Über eine Mode. Und selbst. Weil die Väter es nicht mehr konnten. Und warum hatte sie selbst nun das alles gemacht. Sie hätte sich genauso piercen lassen können und es herzeigen. Die Verletzung und die Ahnung davon und der Stolz auf die Narben. Sie hätte ja auch alles beim alten belassen können. Sie hätte keine Ansprüche stellen müssen, und er wäre schon gekommen. Am Wochenende. Sie wären nach Sievering zum Heurigen gefahren. Und hätten vorher noch einen Spaziergang in den Weinbergen gemacht. Von der Agnesgasse hinüber auf Neustift geschaut. Auf den Friedhof am Hang gegenüber. Dahin. Wo das Mordopfer begraben lag. Die Schwester von Johannes. Sie kannte sonst kein Mordopfer. Sie hatte auch die Schwester von Johannes nicht gekannt. Sie hatte Johannes kennengelernt, da war die Schwester schon tot gewesen. Schon lange. Erstochen. Von einem Maler erstochen im Drogenrausch. Unzählige Male hatte der Mann auf sie eingestochen. Sie konnte sich noch an die Zeitungsmeldungen erinnern. Johannes sie an das Grab geführt. Bei einem Spaziergang. Es stand Geburts- und Todesdatum auf dem Grabstein. Und »Wir werden dich nie vergessen!« Die Frau war 22 Jahre gewesen. Hatte als Model gearbeitet. Sie hatte aber eigentlich dann Medizin studieren wollen und gerade begonnen damit. Hatte sich inskribiert. War voller Pläne gewesen. Johannes war an dem Grab gestanden. Er hatte nicht geweint. Er hatte ganz ruhig gesprochen. Über seine Schwester. Sie hatte bis zu dem Grab nichts von einer Schwester gewußt. Wie schön sie gewesen wäre. Hatte er gesagt. Und daß man es ihr aber immer und immer wieder sagen hatte müssen. Sie hatte sich nicht schön finden können. Und wie sie sich dann für das Studium entschieden hatte. Sie könne schließlich nicht von ihren Minderwertigkeitskomplexen leben, hätte sie gesagt. Und daß das Fotografiertwerden diese Komplexe nur erhöhte. Sie wäre soviel jünger gewesen als er. Er hätte sich kümmern sollen um sie. Und ihren Umgang. Er hatte sie dann identifizieren müssen. Die Mutter hätte sie nicht sehen sollen. So. Aber die Mutter dann darauf bestanden. Sie hatte wissen wollen, ob das wirklich ihr Kind wäre. Im Sarg. Beim Begräbnis. Und er den Mörder gerne ebenso zurichten wollte. Immer noch. Der habe der Schwester auch ins Gesicht gestochen. Vom Auge die Wange herab hätte ein Riß geklafft. Blaßblau. Ihr Gesicht wäre in 2 Teile geschnitten gewesen. Und er könne mittlerweile ganz gut darüber reden. Mittlerweile. Die Mutter hätte sich nicht mehr erholt. Sie habe jetzt Parkinson, und er kontrolliere jede Woche, ob sie Tabletten horte. Das Grab war wie jedes andere gewesen. Sie würde es nicht finden können. Beim Gehen auf dem Weg durch die Weingärten von der Agnesgasse weg, mußte sie immer an dieses Grab denken. Am gegenüberliegenden Berghang. Sie hatte Paul die Geschichte erzählt. Er hatte den Kopf geschüttelt und »Arme Schweine.« gesagt. Und daß man schon froh sein müsse, wenn einem selbst so etwas nicht passiere. Obwohl ihr es ja widerfahren war. Ganz wenig nur. Aber mit Johannes war Schluß gewesen. Seit sie das mit der Schwester gewußt hatte. Sie hatten einander dann immer seltener gesehen und dann gar nicht mehr. Sie hatte wohl kein Trost sein können. Und vielleicht hatte er auch keinen Trost gewollt. Er hatte diese Geschichte zwischen sie gestellt, und sie hatte einen Test nicht bestanden. Er hatte dann geheiratet. Das hatte sie gehört. Eine andere war wohl besser gewesen. Und eigentlich diese Geschichte sich auch zwischen sie und Paul geschoben. Über diesen Mord die Frage der letzten Augenblicke diskutiert worden. Die Diskussion der letzten Augenblicke begonnen hatte. Und ob die Zeit die Zeit wäre und immer oder immer nur gerade der letzte Augenblick. Sie hätte nicht gewußt, was tun vor Haß, wenn sie sich vorgestellt, wie die letzten Augenblicke des Opfers gewesen. Wie schrecklich und was der Mörder sich genommen. Daß er ja eigentlich das ganze Leben ausgelöscht in der Angst und den Qualen dieser letzten Augenblicke. Paul hatte immer geantwortet, daß ein Leben die Summe aller Augenblicke sein müsse und außerdem niemand wüßte, wie letzte Augenblicke empfunden werden würden und deshalb niemandem ein Urteil zustünde. Er hatte gelächelt über sie. Sie hätten darüber aber längst nicht mehr geredet. Sie wären still den Weg entlang gegangen. Hätten der Sonne auf den goldgrün leuchtenden Blättern der Weinstöcke zugesehen und wie sie hinter den Hügeln des Wienerwalds versank. Beim Heurigen hätten sie ihren Schweinsbraten und ihren Erdäpfelsalat gegessen und den Wein stark gespritzt, damit die Geschmacksnerven sich nicht erschrecken, hätte er dazu gesagt. Nach dem Heurigen wären sie nach Hause gefahren. Wären in ihre Wohnung gefahren. Sie hätte nicht aufgeräumt gehabt. Nicht richtig. Sie hatte es aufgegeben, gründlich sauber zu machen, wenn er gekommen. Sie hatte den Augenblick noch in Erinnerung, als sie sich auf seinen Anruf hin zwingen hatte müssen, den Staubsauger herauszusuchen. Er war so viel besser im Aufräumen. Sie hatte dann nur mehr versucht, nicht mehr so viel Schmutzwäsche im Badezimmer anzuhäufen. Und sie hatte begonnen, die Bettwäsche in eine Wäscherei zu geben. Sie hatte ihm das nicht sagen können. Er hatte von der luftgetrockneten und sonnendurchwärmten Wäsche im Wäscheschrank seiner Mutter und dann von Traude geschwärmt. Und daß Traude zwar nicht Auto fahren hatte können. Aber die Haushaltsdinge. Die wären immer in Ordnung gewesen. Bei Traude. Sie hatte Haushalt immer nur stoßweise machen können. Sie konnte sich dem nicht widmen. Nicht einmal, wenn es unbedingt notwendig gewesen wäre. Sie hatte auch hier nicht. In diesem Häuschen in Berlin nichts verändert. Keine Blumen gekauft, den Couchtisch zu verstecken. Kaum etwas zu essen besorgt. Vielleicht war sie ja wirklich keine Frau. Er habe das doch auch gelernt, hatte er gesagt. Am Anfang. Und einmal lange davon geschwärmt, wie Traude es verstanden hatte, jedes Hotelzimmer, jeden Raum zu verwandeln.

Wohnlich zu machen. Blumen. Oder Möbel verschoben. Und schon war es gemütlich gewesen. Sie konnte eben nur gute Essen und schöne Hotelzimmer bezahlen. Das mußte reichen. Sie konnte Richard noch vor sich sehen. Sogar ihre Kartoffelpuffer aus der Packung waren ein Brei geworden. Er hatte den Brei in den Ausguß geleert und der Installateur hatte kommen müssen, den Abfluß zu reinigen. Sie hatte damals schon mehr verdient als Richard und hatte essen gehen wollen. Aber Richard hatte eine warme Mahlzeit zu Hause haben wollen. Seine Mutter war ohnehin froh gewesen, ihn zurückzubekommen. Richards Mutter hatte richtig gekocht. Wienerisch-Böhmisch. Sie hatte für Richard auch noch nach Mitternacht Weinchaudeau gemacht. Sie war dann aus dem Bett. Mitten in der Nacht und hatte sich angezogen. In den 70ern war das noch ein Problem gewesen. Nicht kochen zu können. Sie stand auf. Rasch. Ging zur Schlafzimmertür. Stand in der Tür. Sah zum hinteren Fenster hinaus. Eine Mauer und dann Buschwerk und

Bäume. Der Netzvorhang blähte sich von einem Windstoß in das Zimmer. Es war wärmer hier. Sie überlegte, ob sie sich gleich hinlegen sollte. Liegen. Aber Nächte so begonnen endlos. Im Liegen alles über ihr und aufrecht wenigstens hineinragte. Sie ging in das große Zimmer zurück. Ging zwischen Fenster und Schlafzimmertür auf und ab. Ging ins Schlafzimmer. Sah auf das ungepflegte, zertrampelte Gras zwischen Haus und Gartenmauer und ging wieder zurück. Ein flüchtiger Blick auf sich im Spiegel an der Kastentür. Was war hier geschehen. Was war in diesem Zimmer vor sich gegangen. Die Delegationen. Und dann die Schriftsteller. Übereinstimmung alle suchen hatten müssen. Andere Prestigeskalen gegolten hatten. Und ja eigentlich eine Sicherheit. Auch eine Sicherheit, und solange es die DDR gegeben hatte, hatte sie gedacht, die Leute da wüßten etwas, was ihr unbekannt. Hätten ihr ein Wissen voraus. Aber wahrscheinlich war es so gewesen wie in der Kirche. Als Kind gedacht hatte, dieselben Regeln für alle.

Eine große ruhige Ordnung. Und dann nicht die Regeln, die Auslegungen gegolten hatten. Ein Wust an Interpretationen und die Stärksten die richtigsten Gebote. Hatten die Mächtigen hier die bewußte Absicht des Einsperrens und Kleinhaltens gehabt. Oder doch wenigstens die besten Absichten. Und warum war dieses Nachmachen wichtig gewesen. Warum die Sitzgarnitur eine schlechte Kopie. Eine billigere. Und die Lüster. Und der Wandschrank. Der Teppichboden. Der Geruch. Warum hatte man sich nichts Eigenes ausgedacht. Warum war die DDR nicht das Paradies auf Erden geworden, in das man einwandern hätte mögen. Aber wenn die Delegationen sich in diesem Zimmer dann betrunken hatten. Nach den Terminen und Besprechungen. Nach der Abwägung, wieviel Geld die Übereinstimmung wert war. Welche Waffen. Wenn die Delegationen dann betrunken die Frauen über die Lehnen der Polstersessel gebeugt raten hatten lassen, wessen Schwanz in sie hineingesteckt. Und den nächsten Wodka, wenn sie es nicht erraten und am Ende die Flasche in den Hintern bekommen. Dann war alles wieder aus Mangel gewesen. Und nicht anders, als dieses Mitgehenmüssen nach dem Tanzstundenkränzchen, mit dem, der gefragt. Mitgehen müssen. Und im Stadtpark dann. Nie aus Lust am Überfluß. Ein ganzes Leben immer nur gerade das Notwendigste an Lust. Nie aus der Sicherheit eines Befriedigtseins. Darin die Systeme jedenfalls gleich und sich nichts geändert und zu hoffen, die Frauen viele Strumpfhosen und Parfums und Westdevisen dafür bekommen. Wenigstens. Vielleicht sollte sie sich einen Callboy bestellen. Einem jungen Mann die Tür aufmachen, der ihr fremd bleiben konnte. Von dem Abschied nicht notwendig sein würde. Sie wäre nett zu ihm. Sie würde ihn in den Sessel setzen und sich auf ihn. Es wäre in diesem Zimmer das Richtige gewesen. Sie als Delegation und er als Entspannung. Und was bekamen Callboys für Geschenke. Nintendo statt der Seidenstrümpfe. Im Tennisclub immer wieder gehört hatte, daß es so nett wäre nach Budapest zu fahren. Die Mädchen da. Für ein paar Strumpfhosen und ein Parfum machten die alles. Aber auch schon alles, was man wollte. Das war 88 gewesen. Oder 89. Die Mädchen hatten hoffentlich ihre Preise ordentlich erhöht. Mittlerweile. Sie stand im Zimmer. Es war dunkler geworden. Grüner. Die Sonne hinter der Magnolie zwischen den Zweigen durchblitzte. Hier ja nicht einmal Hoffnungslosigkeit aufkommen konnte. Nur die Sitzgarnitur. Lud ein. Forderte auf, eine Party zu feiern und alle gleichmäßig zu kompromittieren. Und in den Lüstern wahrscheinlich Kameras versteckt gewesen. Und die Lüster deswegen so groß sein hatten müssen. Und die Huren und die Herren Kollegen nur ein Telefonat entfernt. Im regionalen Teil der Bildzeitung die entsprechenden Telefonnummern zu finden. Früher die Stasi das besorgt. In Wien dafür die Staatspolizei dafür zuständig. Welche Schauspielerin war das, die man dem Schah in der Nacht mit Blaulicht ins Imperial transportieren hatte müssen. Sie setzte sich in den Sessel ans Fenster und sah auf den Fernsehapparat. Es gab keine Fernbedienung, und sie wollte nicht immer wieder aufstehen und umschalten. Hätte es irgendeine Möglichkeit gegeben, die Unschuld zu bewahren. Sie hätte in ihrem Zimmer sitzen bleiben sollen. In der Josefstadt. Aber das hatte sie nicht getan. Ja, sie hatte alles getan, dieses Zimmer zu vergessen. Heimatlos zu werden und alles anders zu machen als die Eltern. Und jetzt hatte sie beides nicht. Die Heimatlosigkeit nicht und die Heimat. Und deshalb auch ganz richtig war, in diesem Zimmer. In dieses Warte- und Orgienzimmer für Delegationen geraten zu sein. In dieses Zimmer, das einem die elendste Ehrlichkeit abpreßte. Die »Der-Mann-der-aus-der-Kälte-kam«-Ehrlichkeit, die nirgends endete. Dieses Zimmer war eine Falle. Eine Fallgrube. In jedem amerikanischen Motel. In einem dieser grauen klebrigen Motels, die »Pink Flamingo« hießen oder »Buonavista«. Da gab es immer die Möglichkeit weiterzufahren. Die Depression weiterzutragen. Hier. Im Abendland. Geteilte Existenz und ungeteilte Gefangenschaft.

Sie saß da. Die Arme auf den Armlehnen. Die Beine lang ausgestreckt. An den Knöcheln gekreuzt. Ein Luftzug von draußen ein wärmender Hauch zu ihr hin. Ihre Füße waren kalt. Sie sollte Socken anziehen. Hier drinnen war es zu kalt ohne Strümpfe. Und ein Schnupfen. Aber sie würde jetzt nicht krank werden. Es wäre zu angenehm. Der dicke Kopf. Das leichte Fieber. Die schmerzenden Gelenke. Sie könnte den ganzen Tag liegen. Im Bett bleiben und wäre mit sich beschäftigt. Mühsam, aber nicht traurig. So funktionierte das aber nicht. Die Erziehung zur Disziplin ihre Früchte bis heute. Man läßt sich nicht gehen. Der Vater hatte das nicht gesagt. Er hatte die Lippen schmal gemacht und knapp über sie hinweggesehen. Die Mutter hatte es gesagt. Verschämt vorwurfsvoll. Weil sie sich oft gehen hatte lassen. Mit ihren Krankheiten, mit denen sie den Vater dann so lange überlebt hatte. Warum hatten ihre Eltern kein glücklicheres Leben gehabt. Obwohl. Die hatten einander. Sie selbst hatte niemanden. Der Ehemann war ihr nach 3 Jahren davon. Und sie hatte keinen mehr wirklich überreden können, mit ihr zusammenzuleben. Sie hatte es auch nicht gewollt. Es war sehr angenehm, zu leben wie eine ewig Siebzehnjährige. Das Gefühl der ersten Wochen allein. Bei diesem Sprachkurs in Paris. 1960. Sie war tagelang nicht nach Hause gegangen. Irgendwo übernachtet. Und nur die Post oder frische Wäsche. Die Zimmervermieterin hatte sich aber nicht gewundert. Offenkundig hatten sich alle so. Und trotzdem endete ihr Leben nun so wie das ihres Vaters. Beruflich war nichts mehr zu machen. Mehr als die Ressortleitung konnte sie nicht erreichen. Zu einer anderen Zeitung wechseln war unmöglich. Nirgends war eine erfahrene Person gefragt. Gesucht waren 30jährige, die alles ins 3. Jahrtausend führen sollten. Und es war ja wahrscheinlich richtig. Bei dem, was zu erwarten war, würden Erinnerungen nur hinderlich sein. Und bisher hatte man auch schon jahrtausendelang Vorbilder gehabt und es hatte zu nichts geführt. Da war nichts zu verlieren. Sie setzte sich auf. Altes Eisen zu sein. Auch seltsam. Draußen der Schatten des Magnolienbaums heller geworden. Die Sonne tief und unter den Zweigen durch. Sie sollte hinausgehen. Sich wärmen. Auf und ab gehen. Auf den Betonplatten. Wenigstens. Rund um den Vorplatz. Aber wahrscheinlich schrie die alte Frau wieder. Herinnen konnte sie die Schreie nicht hören. »Hilfe. Hilft mir denn keiner.« Die alte Frau schrie 2 Gärten weiter. Sie sah hinaus. Sie hätte wieder bei den Nachbarn läuten müssen, damit sie die Kinder der alten Frau verständigten. Und den Notarzt. Die Nachbarn hatten das alles veranlaßt. Sie könnten nichts hören. Vorne. Hatte der Mann gesagt, und die Frau hatte aus dem Fenster gesehen. Der Mann war freundlich gewesen. Er hatte sich bedankt für ihr Interesse. Und wenn die alte Frau seine Mutter wäre, er würde für Betreuung sorgen. Das müßte professionell vor sich gehen. In einem Heim, wenn es nicht anders ginge. Für die alte Frau wäre der Schrecken, sich auf der Terrasse ausgesperrt zu finden ja real. Altenbetreuung. Das wäre ein Beruf.

Und nein. Es käme nicht oft vor. Und es wäre wahrscheinlich der Frühling. Der mache auch alte Menschen unruhig. Sie hatte die alte Frau jeden Nachmittag schreien gehört. Hinter den blühenden Jasminsträuchern hatte sie um Hilfe geschrien. Sie stand auf und ging an das offene Fenster. Es war der letzte Tag im Mai. Etwas Besonderes sollte geschehen. Wenn er jetzt auf das Haus zu käme. Machte sie ihm auf. Würde sie ihn in dieses Zimmer einladen. Ihn hereinführen. Ihn auf die Sitzgarnitur setzen. Und hätte sie Lust, mit ihm. Würden sie übereinander herfallen. Oder ginge das nicht mehr. Reden war wichtiger geworden. Für sie. Ihre Klagen über die Zeiten, er sie warten hatte lassen. Und was es sie gekostet. Was sie hätte machen können, in der Zeit, in der sie auf ihn gewartet hatte. Und daß sie das nicht nötig habe. Eigentlich. Er sie aus diesem Reden herausgerissen. Brutal das Reden abgeschnitten. Erst. Ihr den Mund zugehalten, bis er ihren Rock hochgekrempelt und die Strumpfhose mit dem Slip hinuntergeschoben um die Knie und seine Hose aufgenestelt. Und die Hand vom Mund erst weg, wenn er eingedrungen gewesen. Sie sich gewehrt hatte. Sie hatte diese Augenblicke genossen. Hatte diese Tiraden dann begonnen und nur darauf gewartet, ihr Redefluß ins Keuchen gemündet und er sich in ihr Genick verbissen, sie schreien hätte können. Ihn doch dazu. Zum Glück der Rollkragenpullover wieder aufgetaucht. Aber dann auch das nicht mehr. Er war eingeschlafen. Während sie all die Defizite aufgezählt und wie wenig sie verlange und wie er ihre Zeit vergeude und daß sie nicht seine Mutter wäre und nicht so auf ihn warten könnte. Währenddessen hatte er schon geschlafen. Es war dann nur noch möglich gewesen, ihn nicht mehr zu sehen. Sie hätte einstechen können auf ihn. Wenn sie im Bett gesessen und geklagt und er eingerollt dagelegen und leise geschnauft im Schlaf. Oder leise geschnarcht. Schießen. Sie hätte lieber geschossen auf ihn. Hätte sehen wollen, wie seine glatte, gebräunte Haut aufgerissen würde. Wie es ihn hochgeschleudert von den

Schüssen. Und wie seine Augen leer braun würden. Sie ging in das Zimmer. Bis zur Tür des Schlafzimmers und wieder zum Fenster. Wie hatte so ein Haß entstehen können. Warum hatte sie sich nicht daran gewöhnen können, daß er 4 Tage bei ihr bleiben hatte wollen und dann nach 2 Tagen wieder abgefahren. Oder einen später gekommen. Und nichts gesagt. Sicher, daß er in Wien wäre, hatte sie nur sein können, wenn sie Karten für ein Konzert besorgt gehabt. Sie hatte die Wiener Philharmoniker oder das Boston Symphony als Beziehungshelfer benötigt. Sie allein hatte ihn nicht in Wien festhalten können. Sie hätte sich ihm verweigern sollen und die üblichen Geschichten machen. Aber wie hätte sie das tun sollen. Wenn man einander ohnehin nur am Wochenende. Oder jedes zweite. Dann. Und sie auch immer noch Angst gehabt hatte, es könnte das letzte Mal sein. Und er würde auf der Autobahn Wien–München. Er war immer sehr schnell gefahren. Und sie hatte die Szene immer genau vor sich sehen können. In »Lebe das

Leben«. Oder wie dieser Film geheißen hatte. Michel Piccoli überschlug sich in seinem Auto. Und Romy Schneider lief durch den Garten der Klinik davon. In Zeitlupe. Ihr Profil hob und senkte sich vor den Pflanzen und der Auffahrt in langsamen Bögen. Ihre langen Haare der Bewegung immer ein wenig hinten nach. Romy Schneider hatte gerade von seinem Tod erfahren. Seine Ehefrau hatte es ihr gesagt. Welche Schauspielerin hatte die gespielt. Romy Schneider war Übersetzerin gewesen in diesem Film. Sie hatte fast ihr Jurastudium aufgegeben wegen dieses Films. Sie hatte fast ihr Jusstudium bereut. Hätte lieber Dolmetsch studiert wegen dieses Films. Romy Schneider war an der Schreibmaschine gesessen. Sie war frisch aus der Dusche gekommen und hatte sich ein Badetuch umgewickelt. Piccoli half ihr beim Übersetzen. Er wußte eine Vokabel besser, und sie tippte es sofort in die Maschine. Und er küßte ihre nackte Schulter dabei. Sie legte die Hände auf dem Rücken ineinander. Die Hände kalt. Ein Ziehen in den Schultern.

Sollte sie nicht wenigstens den Spaziergang auf das Nachbargrundstück machen. Warum war es ihr nicht genug, die Blüten anzusehen. Sie hatte ja immer alles nur mit ihren Augen sehen können. Warum war es so wichtig gewesen, ihn dabei gehabt zu haben. Was hatte sich geändert. Er hatte doch alles anders gesehen und nichts gesagt. Er hatte nicht geschwiegen. Er hatte nichts gesagt. Sich entzogen. Hatte es nicht notwendig gehabt, sich mitzuteilen. Hatte sie deshalb so eine Wut auf ihn. Hatte sie diese Wut auf seine Ruhe, die ihn so überlegen gemacht. Eigentlich machten Frauen das so. Nichts sagen. Das war eine Möglichkeit, eine Frau zu sein. Dahinzugehen und nichts zu sagen. Nicht erreichbar sein. Aber das war ihre Erbschaft. Der stille Vater, der immer gelächelt. Dem sie immer noch mehr erzählen hatte müssen, ihm dieses Lächeln zu entlocken. Wäre es besser gewesen, hier gelebt zu haben. Wäre gegen ein Geheimnis weniger anzurennen gewesen. Oder wären es nur andere gewesen. Hätte sie nur nicht gewußt. Nicht wissen dürfen. Hätte sie sich in dem Wust von Anpassungen an diese Ausleger der Regeln zurechtgefunden. Diese vielen Liebesbeziehungen zum Schutz vor dem Ausschluß spielen können. Hätte sie das Aussetzen aller Regeln vor den Regeln der möglichen Peiniger überhaupt begreifen können. Wenn eine Auslegung alle Macht über einen ausüben konnte, war es wohl besser in Kindchenhaltung zu verharren und sich versorgen lassen und die Versorger dafür lieben. Oder zu den Versorgern gehören und selber peinigen. Hätte sie das gekonnt. Das wenigstens konnten leibliche Eltern nicht an einem verüben. Ab einem gewissen Punkt jedenfalls erlosch ihr Einfluß. Und dieser Feind war bekannt. Und waren ihre Eltern ihre Feinde gewesen. Sie war nicht der erwartete Sohn gewesen. Und es war keiner mehr gekommen. Und sie hatte die Regeln der Jugend ihrer Eltern nicht eingehalten. Aber, sonst. Sie war ähnlich erfreut gewesen, ein freundliches Gespräch zu führen hier. Wie mit den Eltern. Die Frau hinter der Pankower Kirche, die Blumen aus ihrem Garten verkaufte. Die Lehrerin gewesen und ihre Rente verbessern mußte. Sie hatte gar nicht aufhören mögen, mit dieser Frau zu reden. Wie lange die Blumen halten würden. Daß sie das Wasser in der Vase nicht wechseln sollte. Die Frau hatte geraten, das Wasser nicht zu wechseln. Nur nachfüllen, hatte sie gesagt. Dann hielten die Blumen am längsten. Sie hatte 2 Blumensträuße bei der Frau gekauft. Die Blumen hatten sie an die Blumen im Garten der Großmutter erinnert. Weiße Glockenblumen. Federnelken. Kleine Feuerlilien. Fliederblätter. Sie hatte die Blumensträuße angelächelt. Und die Frau hatte sie angelächelt. Die Frau hatte hinter der Pankower Kirche mit ihren Blumen gestanden. Im Schatten von Fliedersträuchern. Die Sträuße in blauen Plastikkübeln. So schöne Blumen bekäme man nicht im Blumengeschäft. Darin waren sie sich einig gewesen. Die Frau hatte noch eine Lilie ein wenig aus dem Strauß gezupft, bevor sie ihn überreicht hatte. Sie hätte diese Frau umarmen können. Warum war es so kostbar, daß alle die gleichen Probleme hatten. Oder bekommen hatten. Und warum hatte sie sich so geniert, wenn auf den Interflug-Flügen von Berlin-Schöneberg nach Wien früher die Stewardessen mit ihrer Dinette gefahren kamen und Orangensaft und Wasser in Wachspapierbechern angeboten hatten. Als spielten Kinder Flugzeug. Sie ging ins Schlafzimmer. Die Blumen standen auf dem Nachtkästchen des anderen Betts. Sie hatte sich nur ihr Bett überzogen. Das rechte Bett. Im linken Bett lagen nur die Matratzen. 3 Matratzenteile. Fleckig. Die Flecken dunkle Ränder. Braunrandig auf dem blauen Überzug mit kleinen weißen Sternen. Die Federnelken der Sträuße und die Lilien ein dünner Duft. Warme Luft durch das Fenster herein. Und Zeit, das Fenster zu schließen. In der letzten Nacht auf der Jagd nach Mücken gewesen. Mit einem Polster in der Hand regungslos gestanden, bis eine Mücke sich an der Wand oder der Zimmerdecke niedergelassen hatte. Dann mit dem Polster nach dem Insekt geworfen. Immer wieder. Immer wieder eine andere Mücke das

Einschlafen mit dem singenden sirrenden Ton unterbrochen. Und nicht auszuhalten, wie sie sich dem Gesicht näherten. Die Stiche ja hinzunehmen gewesen wären. Sie ging wieder in das große Zimmer zurück. Hatte es Salon geheißen. Sie stand am Fenster und sah hinaus. Die Stadt war da. Erreichbar. Sie mußte nicht außerhalb bleiben. In diesem Haus und außerhalb. Was er machte. Jetzt. Eben. Sie ging zum Telefon und sah es an. Sie ging wieder zum Sessel am Fenster. Setzte sich. Es war nicht schwer, nicht anzurufen. Nicht sehr jedenfalls. Nach Jahren ununterbrochenen Telefonierens war es nach 2 Wochen normal, ihn nicht anzurufen. Und nicht schmerzte. Irgendwann hatte es dann doch immer geschmerzt. Aber keine Erinnerung daran. Nur Bilder von außen. Den Schmerz nur noch wußte. Ihn nicht mehr fühlen hätte können. Nur im Kopf. Es wußte. Und jetzt nicht einmal mehr Schmerzen. Sie saß da und sah hinaus. Die Fliege hatte wieder zu kreisen begonnen. Ein starker Windhauch den Vorhang blähte. Hatte sie das gelernt. Und war dieses Lernen ein Abschied oder resignierte sie einfach. Und hatte sie irgendwann das gehabt, was sie sich gewünscht hatte von der Liebe. Und funktioniert hatte es immer dann nicht, wenn sie auf jemanden angewiesen gewesen. Mußte sie doch bestraft werden für ihre Freiheit. Oder mußte sie sich selbst bestrafen dafür. An ihren sozialen Fähigkeiten konnte es nicht gelegen haben. Hätte sie sonst Erfolg gehabt. Und hätte sie sonst Freundinnen. Und Freunde. Ihre einzige Sicherheit. Die selbstgewählten Geschwister. Schief gegangen war es immer nur mit der Liebe. Warum sollte sie anrufen bei ihm. Um herauszufinden, daß Traude bei ihm war. Ihn tröstete. Was hatte sie Traude gehaßt. Was hatte sie Frauen wie Traude gehaßt. Die nur da sein mußten. Denen das genügte und Komplizinnen der Männer. Und was hatte sie ihn gehaßt, wenn er Traude wieder einmal verteidigt hatte. Was hätte sie zerspringen können vor Zorn, wenn diese Frau ihre Macht daraus bezogen hatte, daß sie nicht mehr mit ihm ins Bett gegangen. Und aus den Verpflichtungen, die er dieser Frau gegenüber, für sie nichts mehr übriggeblieben. Irgend etwas aufgebraucht gewesen und für sie nicht mehr da. Sie hatte sich ihn im Bett verdienen müssen. Und alle Lust in ihn verkrallen müssen, damit er wiederkäme. Einmal hätte sie neben ihm liegen mögen ohne diese Verpflichtung. Zwang. Und nur da sein hätte wollen, ohne dieses Dasein verdienen zu müssen. Es war natürlich falsch gewesen von Anfang an. Die Fehler immer am Anfang. Aber sie hatte gedacht, es würde genügen. Verliebt zu sein. Es müßte genügen. Sie bräuchten voneinander ja nichts als die Liebe. Keinen Unterhalt. Keine Wohnung. Kein Geld. Das alles überhaupt keine Rolle gespielt. Und in ihrem Alter wußte doch jeder, worum es ging. Es war ja klar gewesen, daß es so viele Liebesgeschichten nicht mehr geben würde. Ja diese schon eine Überraschung. Eigentlich. Und er gefangen gewesen. Am Anfang auch er vollkommen gefangen gewesen von dieser Geschichte. Nur dann. Gegen Vor der Folie seines Lebens und seiner Ex-Frau und seiner Analytikerin nichts Neues möglich gewesen. Er hätte ihr gleich sagen müssen, daß er eine Analyse machte. Seit 15 Jahren und damit nie aufhören würde und seine Analytikerin nie verlassen und deshalb nie aus München weg. Aber wäre sie dann gewarnt gewesen. Hätte sie sich irgend etwas eine Warnung sein lassen. Und hätte sie sich warnen lassen sollen. Hätte sie sich noch mehr auf ihre Arbeit konzentrieren sollen. Sie hatte kein Problem gesehen und keines sehen wollen und wahrscheinlich auch keines sehen sollen. Und sie war in seinen Harem eingetreten. Hatte sich mit all diesen Sozialarbeitervokabeln von Verständnis und Akzeptanz in seinen Harem einordnen lassen. Sie hatte mit Traude und der Analytikerin seinen Harem ausgemacht. Und eigentlich hatte auch noch Michaela dazugehört. Seine Tochter aus erster Ehe alle anderen überspielen hatte können. Traude war nur mehr an zweiter Stelle gekommen. Und er hatte nichts gelernt. Er hatte nur gelernt gehabt, die Verwundungen vorauszusehen. Herrschsüchtig hatte er sie genannt, und sie war es dann geworden. Egoistisch. Rachsüchtig. Und ihr war immer nur der Spruch aus dem Kindergarten in der Lange Gasse eingefallen. »Was man sagt, das ist man selber.« War da gerufen worden, Schmähungen abzuwehren. Sie hatte sein Leben nicht ungeschehen machen können. So viel Mutter hatte sie ihm nicht sein wollen. Aber es war ja mit allen darauf hinaus gelaufen. Eine Parallelsituation zur Mutter nachstellen. Die Fürsorge und das Verständnis, aber dann keine Erotik mehr. Aber sie wollte ins Bett mit ihnen. Sie hatte nicht kochen gewollt. Das hatte ihre Mutter gekonnt und weil es das einzige gewesen, was ihre Mutter gekonnt, hatte sie es sich nie angeeignet. Als wollte sie ihrer Mutter nichts wegnehmen. Und warum auch. Immerhin. Sie hatte immer gut gegessen. Als Kind hatte sie sich immer auf zu Hause freuen können, weil es etwas Gutes zu essen geben würde. Auch in den schlechten Zeiten hatte die Mutter das fertiggebracht und den schrecklichen Käse aus den Care-Paketen, den hatte sie getoastet. Im Rohr überbacken, und dann war auch dieser Käse zu essen gewesen. Und es war ein Mißverständnis gewesen. Sie hatte ihn nicht verändern wollen. Sie wollte niemanden verändern. Die Welt. Ja. Aber Personen. Sie hatte Entscheidungen gemeint. Grenzen. Klare Linien. Sie hatte ja nur wissen wollen, was sie für ihn gewesen. Hätte sein sollen. Können. Sie hatte zu lange mitgespielt. Die letzten 2 Jahre hätte es nicht geben sollen. Dieses langsame Vernichten. Aber es war einfach. Im Nachhinein. Immerhin hatte sie nichts mehr gesagt. Sie hatte ihm gesagt, entweder er komme oder gar nicht, und dann hatte sie geschwiegen. Und diesmal dann er auch. Sie hätte ihn verlassen müssen, als er die ersten Weihnachten nicht bei ihr, sondern bei Traude verbracht hatte. Traude wäre einsam und gefährdet, hatte er gesagt. Aber erst 3 Tage vor Weihnachten. Nachdem sie alle Einladungen abgelehnt gehabt hatte. Das war das Grundmuster geworden. Besetzung durch Nichtanwesenheit. Der abwesende Diktator und dazwischen Kontrollbesuche.

Und sie war schließlich eine starke Frau. Sie war immer eine starke Frau gewesen, wenn es darum gegangen war, daß sie etwas aushalten hatte müssen. Etwas ertragen. Und sie hatte ihm alle diese Verpflichtungen geglaubt. Man müsse die Biographie des anderen achten, hatte es geheißen. Aber sie war nur stark, weil sie es sich nicht leisten konnte, ein Opfer zu sein. Sie hatte immer Angst gehabt, die Kontrolle über sich zu verlieren und dann in die sofortige Selbstauslöschung und mit aller Vehemenz. Trinken. Drogen. Und Selbstmord. Traude hätte einen Selbstmordversuch hinter sich. Pauls wegen. Sie hatte ihm das nicht bieten können. Soviel zu seiner Bestätigung war ihr nicht zur Hand. Sie hatte das bei Richard gemacht. Sie hatte 2 Schachteln Mogadon genommen. Damals hatte man Mogadon genommen. Was müßte man heute. Richard war nicht nach Hause gekommen. In der Nacht, in der er sie finden hätte sollen, war er nicht nach Hause gekommen. Das erste Mal war er überhaupt nicht nach Hause gekommen. Sie war am nächsten Vormittag von ihrer Sekretärin gefunden worden. Sie hatte alles erbrochen gehabt. Sie hatte in einem stinkenden Brei von Erbrochenem gelegen. Mäßig betäubt. Aber sie hätte an dem Erbrochenen sterben können. Ersticken. Sie hatte es Richard nicht einmal erzählt. Sie hatte es niemandem erzählt, und die Sekretärin hatte sich viel zu sehr für sie geniert, es jemandem zu sagen. Ja. Die starken Frauen. Sie war sich lächerlich vorgekommen und hatte 2 Tage geweint. Damals. Sie hatte gegen sein schlechtes Gewissen verloren und alles Verständnis sinnlos gewesen. Falsch. Wahrscheinlich. Liebe war etwas anderes gewesen für sie. Sex etwas anderes für ihn. Nicht einmal Zeit war das gleiche gewesen. Und jetzt ging es darum, der Wünsche Herr zu werden und dann ein Frieden. Es war ja noch ein weiter Weg. Statistisch standen ihr noch 20 Jahre zu. Sie stand auf. Ging durch das Zimmer in die Küche. Stand vor dem Küchenfenster. An der Außenseite ein Vordach aus orangefarbenem Glas. Das Licht immer so, als schiene eine rote Sonne. Der letzte Abend im Mai. Sie würde wieder alles versäumen. Sie sollte sich umziehen. Herrichten und auf die Jagd gehen. In den Straßen herumstreifen. Sich in die Hackeschen Höfe setzen oder in eines der umliegenden Lokale und jemanden suchen, mit dem sie diesen letzten Abend im Mai. Oder mit der. Ohne Absicht sollte sie da sein und sich preisgeben und warten, was daraus werden konnte. Sie sollte diese Verschlossenheit aufgeben. Diese Abgeschlossenheit. Sie sollte sich betrinken. Aber öffentlich. Und dann die Belohnung für diese Entblößung kassieren. Was immer das dann sein mochte. Ekstase oder Erniedrigung. Die Gerechtigkeit der Nacht noch blinder sein mußte als die des Tags. Sie sollte sich in diese Stadt werfen. Sie war fremd hier. Sie gehörte zu keiner der beiden aufeinander lauernden Gruppen. Sie konnte mit allen reden. Nicht einmal Paul in Bayern war unbefangen gewesen und hatte über seinen Solidaritätszuschlag gemurrt und wieviel er denen zahle und was die täten damit. Sie sollte nehmen, was angeschwemmt kam ohne ihre Vorbehalte. Einen alten Stasi-Offizier fragen, wie es gewesen. Einen Punk, wie es werden sollte. Ein Berliner Orakel. Sie sollte reden und weg von hier. Hinaus aus Pankow. Weg vom Majakowskiring, auf dem hin und wieder ein Hund spazieren geführt wurde und sich dieses unheimliche DDR-Gebäude in der Stillen Straße versteckte, in dem alles passiert sein konnte. Und sie sollte nicht die ganze Zeit daran denken. Aber warum rutschten alle DDR-Phantasien immer ins Sexuelle. Warum war das ihr erster Gedanke hier gewesen. Hier in diesem Zimmer. In der Sauna im großen Haus. In den verlassenen Bürogebäuden. In der Pankower Zimmervermietung. Im Park. Immer drängte sich ihr ein hastiges Ineinander auf. Hinter den Bretterzäunen der Russenabsperrungen. Hinter den Balkontüren, vor denen die Balkone abgeschlagen waren. Ein Ineinander-Aneinander und zur Vergewisserung zu leben und dann weiter zum nächsten Ineinander. Es war aber auf die Vergangenheit beschränkt. Jetzt auch in

Ost-Berlin alles schnell. Viel schneller jedenfalls als in Wien. Aber sonst kein Unterschied. Der Lebensnachweis wohl ins Kaufen verschoben. Und hieß das, daß die Verzweiflung früher nicht so auf den Körper ausgedehnt gewesen war. Oder war die Verzweiflung im Körper gefangen gewesen. Hatte die Geiselnahme, hinter dieser Mauer sein zu müssen, den Körper gemeint. Wie hatte das den Körper betroffen. Hatte er einem dann mehr gehört. Wenn er immer wieder aufgegeben worden war. Oder war das eine stete Rückeroberung gewesen in der Lust. Und sie konnte es nicht. Sie wäre gerne einmal über die heißen Nachtstraßen gezogen und hätte sich dem hingegeben, was gekommen. Aber ein Männertraum und nur zu ihrem Verlust. Für dieses Abenteuer war sie nicht selbstquälerisch genug. Würde sie es machen können, wenn sie wüßte, es wäre der letzte Mai. Könnte sie es einem Museumskurator in München überlassen, der letzte Liebhaber gewesen zu sein. Aber es würde weitergehen. Jetzt einmal der Verlust der Erwartungen. Und mit dem Verlust der Jugend in eins gefallen. Des letzten Rests von Jugend. Aber vielleicht dasselbe gewesen. Sie sollte sich dementsprechend kleiden. Wie eine griechische Bäuerin. Schwarzer Rock. Weit. Lange schwarze Ärmel. Schwarzes Kopftuch. Und mit verschränkten Armen vor dem Haus stehen und der Welt zusehen. Und sie richten. Und böse. Endlich böse und hinterhältig und gemein und eine Freude daran, nun selbst zuzufügen. Und Traude vernichten. Zum Beispiel. Allen Traudes die Suppe versalzen. Sie setzte sich auf den Sessel neben dem Herd. Es war ein russisches Modell. Der Name des Herds stand in kyrillischer Schrift oben rechts und ein Zettel hing am Griff für das Backrohr. Man sollte jeweils nur 2 Kochplatten zur gleichen Zeit verwenden. Nichts helfen würde. Nichts mehr helfen. Das meiste vorbei. Und rührend von ihr, sich das Gegenteil zu wünschen. Nun doch bei diesem Hätte-Ich-Es-Anders-Gemacht angelangt. Sich immer lustig gemacht hatte darüber bei anderen. Und selbst beim Taumeln sich zusehen konnte. Und was regte sie so auf. Sie war immer allein gewesen. Und sie war stolz darauf gewesen, und sie hatte auf die Frage, ob sie Nobelpreisträgerin oder Miss World sein hätte wollen, immer Nobelpreisträgerin geantwortet. Und ihre Traurigkeit nicht sehr verwunderlich. Sie hatte sich viel erwartet. Und es hatte ja gut ausgesehen. Ein sensibler Mann. Gebildet. Gut aussehend. Alleinstehend. Der durch seine interessante Arbeit nicht gebunden war. Der auf Reisen mitfahren hatte können. Aber sie war ja auch vor ihm herumgefahren. Und manchmal war es besser allein da zu sein. Spannender. Sie mußte sich nur an die vollkommene Freiheit wieder gewöhnen. Sie hatte es doch gerne gehabt. So. Und sie mußte nun nie wieder klagen. Er würde nie wieder abwesend sein. Sie stand auf und ging in das große Zimmer zurück. Setzte sich wieder an das Fenster und sah hinaus. Der Schatten des Magnolienbaums war ganz nach rechts gerückt, und die Betonplatten lagen wieder in der Sonne. Die Fliege krabbelte auf dem Vorhang auf und ab. Sollte sie sie befreien. Es war eine Stubenfliege und mußte sie deswegen herinnen sein oder gehörte sie hinaus. Auf die Rosensträucher. Sie saß nach vorne gelehnt. Das Kinn auf dem linken Handballen. Der Ellbogen auf dem Knie. Sie starrte auf den Boden. Braungewölkt der Belag. Grüngewölkt und giftgrüngewölkt. Und jeder Blick die Sekunden. Dieser Abend vergehen würde und in die Nacht und in den Juni. Vergangen und wie sich festhalten. Einen Augenblick nicht verlieren. Einen einzigen behalten. Und nicht nur ein Foto und ein Video. Ruckartig in Erinnerung rufen, was in der Erinnerung nicht mehr gewesen. Eine neue Erinnerung auf die vergessene türmen. Nur einen Augenblick und damit alles gewonnen wäre. Sie ging in die Küche. Das Licht dunkler rot. Die Sonne schien nicht mehr auf das Vordach. Sie sah hinaus. Den Weg zum Gartentor entlang. Die Abendsonne schien von links. Die Büsche vor dem Kellereingang unter dem Küchenfenster schon schattig. In der Küche die Flugzeuge lauter zu hören. Dröhnten. Das Fenster leicht klirrte. Sie öffnete die Bestecklade. Messer. Ein Kochlöffel aus Holz. Ein Kochlöffel aus gelbem Plastik. Servietten. Sie schob die Lade wieder zu. Ging in den Gang. Zum hinteren Badezimmer. Ging wieder in die Küche zurück. Holte ein Messer aus der Lade. Ein Fleischmesser. Legte die linke Hand auf das geblümte Plastiktischtuch auf dem Küchentisch. Gelbe Blumen auf orangenem Untergrund und der Vorhang dazu paßte. Sie sah auf die Uhr. Es war 5 Minuten nach 7. Sie ballte die linke Hand zur Faust und streckte den kleinen Finger vor. Ihr kleiner Finger war sehr kurz. Reichte nur knapp über das erste Gelenk des linken Ringfingers hinaus. Das Messer war lang. Die Klinge glatt. Wenn sie jetzt das erste Glied des kleinen Fingers abtrennte, wäre das um 19 Uhr 5 Minuten und 35 Sekunden. Am 31. Mai 1998. Würde sie sich das merken. Würde dieser Augenblick in Erinnerung bleiben. Sie hatte von sovielen Augenblicken gedacht, sie würde sich ewig erinnern an sie. Sie richtete sich auf. Sah auf ihren kleinen Finger. Das Messer war sehr lang. Sie hätte hacken müssen. Sie stand und sah auf ihre Faust und den weggestreckten Finger und auf das lange Messer in der anderen Hand. Würde eine Hand der anderen das antun können. Sie hatte in einem Film eine solche Szene gesehen, Michael Douglas in Japan im Kampf gegen die Triadenmafia. Hatte sie den Film nicht im Flugzeug auf irgendeinem Flug zwischen Wien und Los Angeles gesehen. Ein jüngerer Mafioso hatte sich das oberste Glied des kleinen Fingers abgeschnitten. In einer Versammlung. Er hatte das tun müssen, um seinen Gehorsam zu beweisen. Die alten Männer hatten dagesessen und ihm zugesehen. Ernst und ungerührt. Und der jüngere Mann war gleich nach dem Schnitt hochgesprungen und hatte mit einem Schrei aus einem Maschinengewehr zu schießen begonnen, das er unter seinem Kimono versteckt gehabt. Und seine Gefolgsleute waren hereingebrochen und hatten die alten Männer mit weiteren Salven niedergestreckt. Die alten Männer nicht ungerächt gestorben. Oder war es Hochachtung gewesen.

Ein Tausch. Sein Fingerglied gegen die Leben der Alten. Das letzte, was die Männer wahrgenommen hatten, war Gehorsam gewesen. Grausame Verstümmelung. Der japanische Schauspieler in dem Film hatte ein Stanley-Messer verwendet. Sie legte das Fleischmesser auf den Tisch und verschränkte die Arme. Sie ging ins große Zimmer. Stand in der Mitte. Die Arme verschränkt. Die Fliege flog in weiten Kreisen im Zimmer rundum. Hätte sie jemandem gehorcht mit der Abtrennung eines Fingerchens. Ein Tribut an die Eltern, denen sie keine Enkelkinder. Ihr Fingerglied dagegen. Der Vater hatte nie etwas gesagt. Die Mutter noch im Spital. Am Ende. Sie solle ihr versprechen, noch eines zu bekommen. Auch wenn sie dann schon tot wäre, sie würde ruhig sterben. Hätte sie dieses Versprechen nicht geben sollen. Die Mutter glücklich gewesen danach. Es war ihr Sieg über sie. Aber was hätte sie tun sollen. Ehrlich sein. Es war das einzige gewesen, was sie für sie tun hatte können. Genug Morphium auftreiben für sie und ihr ein Enkelkind versprechen. Wie eine Erlösung war das gewesen. Ihr »Ja. Mama.« Kaum ausgesprochen, die Mutter gelächelt und sich im Bett zurechtgerückt. Den Kopf seitlich in die Polster und die Hand gehalten. Die Mutter ihre Hand gedrückt. 2mal. Und dann wieder weggesunken. Hätte sie nein sagen sollen und fragen, ob sie nicht genug gewesen. Warum Enkelkinder das ewige Leben retten sollten. Aber für die Mutter ja gelungen. Die Rettung. Die Fliege krabbelte auf dem Couchtisch. Saß still. Krabbelte. Saß still am Rand des schwarzen Aschenbechers. Sie ging zum Polstersessel am Fenster und ließ sich hineinfallen. Verschränkte die Arme. Kühl. Es war kühl. Sie hätte die Weste aus dem Kasten holen könne, als sie im Schlafzimmer gewesen. Sie stand nicht auf. Verschränkte die Arme enger um sich. Sie könnte anrufen. Seine Stimme hören. Wissen, daß es ihn noch gab. Sie könnte auflegen. Gleich wieder. Würde er vermuten, daß sie das gewesen. Er hatte nicht angerufen. Gegen eine Biographie nicht anzukommen. Und wenn es immer so enden mußte, dann war nichts zu machen. Dann mußte es enden. Sie hatte nur Geschenke verteilen wollen. Und ein Anruf würde es für sie schlimmer machen. Wie in den Deutschstunden. In den Lehrer verliebt gewesen. Herbert Gogolak hatte er geheißen. Der heiße Herbert. Die anderen hatten an ihm die ersten tiefen Ausschnitte ausprobiert. Und die ersten engen Jeans. Der Lehrer war immer rot geworden in der Klasse und hatte zu Boden gesehen. Er hatte auf den Boden schauend unterrichtet. Sie waren seine erste Klasse einer Oberstufe in einem Mädchenrealgymnasium gewesen. Er hatte die Haare mit Wasser zurückgekämmt. Glatt. Am Anfang der Stunden waren die Haare glatt gewesen und am Ende wieder lockig über die Augen gefallen. Die Haare dunkel. Die Augen blau. Sie hatte gelitten für diesen Mann. Und wieder von den anderen gereizt worden war. Wie die über ihn gekichert und sich Dinge zugeraunt. Sie hatte diese Stunden herbeigesehnt. Hatte auf diese Deutschstunde gewartet. Und dann hatte sie es kaum aushalten können. Hatte gelähmt dagesessen und zerspringen müssen, vor Schmerz in der Brust. Mit Mühe Deutsch geschafft hatte in diesem Jahr. Von dem Mann, den sie mehr geliebt als sich selbst, hatte sie nur schlechte Noten bekommen. Nach dem Sommer der heiße Herbert nicht mehr dagewesen, und alles war wieder normal geworden. Sie hatte wieder ihr Sehr Gut in Deutsch gehabt. Sie lehnte sich fester in den Sessel. Der Rücken wurde wärmer so. Warum sollte sie sich einen Finger abschneiden. Sie sollte dieses Haus anzünden. Diesen Versuch, es dem Westen gleichzutun in Flammen begraben. Statt etwas Eigenes zu haben. Warum hatte dieses System die Leute nicht besser beschützt. Und es waren die Netten. Die Ordentlichen. Die wieder nichts bekommen hatten. Die Frau, die die Blumen verkauft hatte. Die Lehrerin gewesen war. Und am Ende am Straßenrand. Trotz aller Würde. Trotz aller Kultur. Und die Blumen waren schön. Aber es war falsch. Und was für eine Last, nichts ausrichten zu können. Ausgeliefert an die, die sich vordrängen konnten. Die Skins zu verstehen waren. Aber warum zündeten die Ausländerwohnheime an. Die Täter doch anderswo. Wahrscheinlich hatte jeder Skin sein kleines Aktienpaket und zahlte in einen Fonds mit mittlerer Ertragslage ein. Bis zum nächsten Reich und deswegen die Banken nicht. Und wo wohnte der Volkspolizist, der 1975 Richard am Checkpoint Charlie festgenommen hatte und mit dem Maschinengewehr im Anschlag abgeführt. Weil er einen »Kurier« im Auto liegen gehabt hatte. Eine Zeitung. Eine österreichische Zeitung, die der Springer-Presse ähnlich wäre, wie dann gesagt worden. Die anderen Volkspolizisten hatten sie angewiesen, stehen zu bleiben. Sie hatte zu ihm gewollt. Hatte begonnen, laut seinen Namen zu rufen. Einer der jungen Uniformierten hatte zu ihr gesagt. Ganz nebenbei hatte er gesagt, daß das kaum Sinn hätte. Es wären ja nur sie da. Sie und die Soldaten. Und dazu hatte er gelächelt. Freundlich. Die Drohung hatte sie verstummen lassen. Das Gefühl der Demütigung. Der Niederlage war noch ganz deutlich. Was war aus diesen Leuten geworden oder waren sie nur ganz einfach Polizisten geblieben. Mußten nur mehr 1 Protokoll anfertigen. Und nicht ein 2. oder 3. für die verschiedenen Informationsdienste. Ach was für ein dummes Indianerspielen. Nicht weiter als Karl May gekommen. Und ein bißchen der Graf von Monte Christo. Sie ging in den Gang. Holte ihren Koffer hinter dem graugrünen Vorhang gegenüber vom Gästebad hervor. Trug den Koffer ins Schlafzimmer und packte ihre Kleider ein. 1 schwarzer Hosenanzug. 1 grünes Kostüm. 1 Paar schwarze Leinenjeans. Blusen. Pullover. Unterwäsche. Die Schuhe. 1 warmer Kaschmirpullover für kühle Tage. Sie hatte ihn nicht gebraucht. Die Toilettensachen. Sie schloß den Koffer. Sie hatte hastig gepackt. Unordentlich. Der Koffer war nicht zu schließen. Sie nahm den Kaschmirpullover wieder heraus. Der Koffer ging zu. Sie verstellte das Nummernschloß. Sie ging durch die Räume. Sie hatte nichts zurückgelassen. In der Küche legte sie das Messer in die Lade. Sie rief ein Taxi. Sie bräuchte einen Wagen zum Majakowskiring. Sie wolle zum Flughafen Tegel. Der Wagen käme in 7 Minuten, sagte man ihr. Sie stellte den Koffer vor die Haustür. Ging zurück die Handtasche zu holen und den Pullover. Sie ging ans Fenster im großen Zimmer. Schloß das Fenster. Sah sich um. Sie ging zur Schrankwand, nahm die Büste aus dem Regal. Die Büste, deren Gesicht nicht mehr erkennbar war. Sie strich mit dem Daumen über das Gesicht. Es fühlte sich weich kreidig an. Einen Augenblick hätte sie schreien mögen über die Verschwendung von Schicksalen. In diesem Zimmer. Aber es war wohl ihre Phantasie. Sie stellte die Büste zurück. Schloß die Glastür des Wandschranks. Der Spalt nach links klaffte. Die Büsten würden atmen können. Sie schloß das Fenster im Schlafzimmer. Ließ die Holzjalousien herunter. Ging aufs Klo. Starrte noch einmal auf die fleckig blauen Kacheln im Badezimmer. Wusch sich die Hände. Legte die gebrauchten Handtücher über den Badewannenrand. Sie hätte das Bett abziehen sollen. Sie schloß die Tür zum Badezimmer. Dann die Tür zum Schlafzimmer. Die Tür zum großen Zimmer. Die Gangtür und dann die Haustür. Sie sperrte ab. Sie zog den Koffer nach. Die Handtasche und den Pullover über den linken Arm. Der Koffer rumpelte über die Betonplatten. Bei den Mülltonnen gegenüber dem Hintereingang des großen Hauses blieb sie stehen. Sie öffnete den Deckel der Mülltonne und ließ ihn nach hinten hinunterfallen. Sie hob den Koffer hoch. Stemmte ihn in die Höhe und ließ ihn in die Mülltonne fallen. Der Koffer ließ sich seitlich ein Stück in die Tonne stecken. Er ragte aus der Tonne noch heraus. Ein schwarzer Samsonite-Schalenkoffer mittlerer Größe. 1989 in Mailand gekauft. Mit ihm. Sie hob den Deckel der Mülltonne und lehnte ihn gegen den Koffer. Ordnung und die herzzerreißende Erbärmlichkeit eines rechtschaffenen Lebens. Sie ging hinaus. Das Taxi fuhr vor. »Tegel.« Sagte sie auf die Frage, wohin es gehen solle. »Zum Flughafen.«